書下ろし

出署拒否

巡査部長・野《の》路《じ》明《あき》良《ら》

松嶋智左

祥伝社文庫

出署拒否

巡査部長・野路明良《のじあきら》

【主な登場人物】

津賀署

野路明良《のじあきら》　警務課教養係　巡査部長

呉本裕則《くれもとひろのり》　警務課　警部

道端《みちばた》　晋《すすむ》　警務課教養係　警部補

木之瀬有功《きのせゆうこう》　刑事課　警部

友枝《ともえだ》　蒼《そう》　地域課　巡査

落合《おちあい》 庄司《しょうじ》　県警本部捜査一課　巡査部長

安西《あんざい》小町《こまち》　介護ヘルパー

月岡《つきおか》ゆず葉《は》　小町の姪。高校一年生

プロローグ

胸が苦しい。息が、続かない。

足がもつれ、上半身が左右に揺れる。右腕をぐるぐる回してバランスを取りながら、ようやく角を曲がった。大通りを避けて狭い道に入り込む。古びた二階屋が密集するなかを駆け抜けた。建物はどこが入り口なのかもわからない造りで、灯《あか》りひとつ見えないから空《あ》き家《や》かもしれない。もしそうなら隠れられるかもと、手当たり次第取りついて押したり引いたりしたが、寂《さび》れているわりにはどこもしっかり施錠《せじょう》されているようで、びくともしない。

遠くに複数人の駆け回っている足音が聞こえて、慌てて走り出した。目についた角を曲がると、よりいっそう道は狭くなった。行き止まりになるのではという恐れを抱《いだ》きながらも走り続ける。

この辺りに土地勘がないのも致命的だった。なにより、大きな通りを避けたのがまずかった。後ろ暗い気持ちから、つい人目を避けるような行動を取ってしまった。こういった場合、むしろ人群れのなかに飛び込む方が安全なのだ。

走りながら胸のポケットにあるスマホを確かめる。いざとなれば警察に電話して助けを呼ぼう。命を危険に晒《さら》すくらいなら、捕まって罰を受ける方がマシだ。それくらいの単純計算はまだできる。

そう思いながらもまだ未練たらしく、他の方法がないか考えている。この歳《とし》で裁判を受けたり、刑務所に入ったりするのは応《こた》える。やったこと自体は大したことではないが、前科がつくのは嫌だし、母親にも泣かれるだろう。

通報を最終手段としても、それ以前に相手の望むものを差し出すという手もあるなと考え直す。だが、これはかなりリスクが高い。迫ってきた連中の容貌《ようぼう》から、荒事も平気でしそうに見えた。暴力団というには若過ぎる気がするが、たとえ半グレにしろ、反社にしろ、人を痛めつけることに抵抗がなさそうだ。いう通りに渡したからといって、すんなり解放してくれるとは限らない。命まで取られるとは思わないが、手加減のない暴力をふるわれたなら最悪の結果を招く。

ぞっとする。

なんだってこんなバカな真似《まね》をしたのか。今さら悔やんでも仕方がないが、満足に息もできない状態で、なおも走り続けなければならない苦しさと悔しさで怒りすら湧《わ》く。

まっとうに生きたかったし、他の人間にできることが自分にできないわけがないと思っていた。頑張れば良かったのか。我慢すれば良かったのか。いったいどこで道を間違えたのか。悪いのは自分なのか。親なのか。社会なのか。

思わず足を止めた。もう一歩も走れない。一秒も体を支えていられない。

地面に膝《ひざ》をついて忙《せわ》しなく呼吸する。白い息が吐き出される。寒い筈《はず》なのに体が燃えるように熱い。俯《うつむ》くと地面に雨粒が落ちた。見上げると突き出した屋根のあいだから星空が見える。地面に黒い染みを作ったのは自分の汗だと気づいた。

夜の闇《やみ》を縫《ぬ》って人の声が聞こえた。それを聞いた途端、諦《あきら》めかけた気持ちが嘘《うそ》のように消え、再び、体を起こして走り出していた。

路地を抜けたところで左右をそっと見渡す。

車一台がやっと通れそうな道だ。路側帯の白い線が星明りに浮かび上がる。追手の声がする方向とは逆に道を駆けたから、距離ができたのではないか。うまい具合にタクシーでも通りかからないだろうか。そう考えて思わず苦笑した。そんな幸運、起きる筈がない。運があったなら、もっとマシな人生を送れていた。

やがて道の片側がぽっかりと開けたのがわかった。思わず立ち止まって目を凝《こ》らす。どうやら開けた場所のようだ。葉を落とした大きな樹木も見え、植え込みが取り囲んでいる。

広場か。公共施設か。

頭のなかに地図が浮かんだ。駅への道を探すためにスマホで検索したとき、公園があったことを思い出す。ここを突っ切れば駅へと近づける、そう思って道を渡った。白いガードレールを跨《また》ぐと斜面になっており、眼下に整備された空間が見えた。樹々のあいだに冷え冷えとした街灯も見える。

乾いた木の枝を摑《つか》みながら横へ移動する。やがて階段が見え、冷たい手すりを摑んで乗り越えた。細かな石段で結構な傾斜がある。微《かす》かだが音楽が聞こえる。この寒空の下で若い連中がダンスでもしているのだろうか。

誰であれ、ようやく無害な人間に会えそうでほっとする。そう考えるとさっきまでの苦しさが嘘のようにかき消えた。二者択一しかなかった生き延びる方法も、無用になった。一番望ましい結果を手に入れられそうだ。こういう運がまだ残っていたんだな。その嬉しさに体が軽くなる気がした。

その瞬間、手すりの向こうの林のなかからなにかが飛び出した。小さな生き物が、物凄《ものすご》いスピードで足元を走り抜けて行く。驚いてバランスを崩す。ずっと緊張感を持って逃げ続けていた身には、反射的に手すりを摑む力も、両足で踏ん張る力もなかった。上半身が揺れて足首が捩《ね》じれた。両手が空《くう》を摑み、膝が折れるに任せて体が前へと飛んだ。そのまま勢いづいて石段を転げ落ちる。首ががくんがくん揺れ、体がおかしな風に曲がる。激しい痛みに巻かれながらも懸命に手を伸ばす。片足が引っ張られる。手すりの支柱かなにかに足が引っかかり、妙な具合に反動がついた。上半身が浮いて、そのままダイブするように飛んで、そして落下した。

凄《すさ》まじい痛みが脳天を貫いた。石段の下にあった石かなにかの上へ、まともに落ちたのだ。痙攣《けいれん》が起き、やがて止まった。

どくんという心臓の音を聞いた気がした。いや、血が噴き出す音だろうか。

視界が狭まってゆく。肺からなにかが噴き出し、小さく喉《のど》を鳴らした。意識が強く後ろに引っ張られてゆくのを感じる。

ああ、そうか、と思った。

やっぱり、運なんかなかったんだ。これが最期か。最期になにを考えよう。思うことなんかもうない。かろうじて見えていた街灯の光も消えた。

闇だ。その闇の奥から、なにか匂《にお》ってきた。酸っぱいような青臭い匂い。これはなんだろう。どこかで、嗅いだ。感じた。知っている、これは――。

1

「だから お前は真面目《まじめ》過ぎるんだ」

落合庄司《おちあいしょうじ》が、ビールのジョッキを握りながら赤い目を向けてきた。

六月八日は木曜日だが、津賀《つが》市駅前にある海鮮居酒屋は大層賑わっている。会社員や大学生、年配の女性グループ、子連れのファミリーまでいて、店の売りである船盛を前にせっせと箸《はし》を動かしていた。

県警捜査一課の落合は、もう五十七か八になるのではないか。定年もそろそろ見える年齢だが、このまま現役刑事として最後まで突っ走るつもりのようだ。ただ上司や周囲の思惑は、落合が優《すぐ》れた刑事であるだけに、巡査部長のまま勇退するのでなく、もうひとつ階級を上げて、所轄の係長で終わってもらうのがベストと考えている。

「階級なんてのは興味ない。とにかく現場にいられればいいんだ」そういって泡のついた唇を手の甲で拭《ぬぐ》う。「まあ、そうはいってても実際、この年にもなると逃げる輩《やから》を追うのはキツイし、得物を持たれると一瞬、体が引くんだがな」

刑事であることにこだわる落合にしては、ちょっと珍《めずら》しい弱音だと思った。そんな野路《のじ》の気持ちがわかったのか、つまらなそうに付け足す。

「もちろん、若いときはそんなじゃなかったさ。相手がヤクザだろうが、頭のおかしな野郎だろうが、見つけたらどうやって制圧しようかということしか頭には浮かばんかった」

「それって、怖くなかったってことですか」

「あん？　なにいってる」と落合は片手を挙げて、「お代わり」と叫ぶとジョッキを呷《あお》って残りを全部飲み干した。どんとテーブルに置くと、半眼で睨《にら》んでくる。

「怖いに決まっているだろう。野路よ、刑事をなんだと思っている。仮面ライダーやスーパーマンじゃねえんだ」

たとえが古いなと、苦笑しかけたのを誤魔化そうとジョッキを寄せた。

「怖いから踏ん張るんじゃねえか。怖いからこそ向き合うんだ」

「どういう意味ですか？」

「背中を見せたら死ぬかもしれんだろ。熊でも犬でも逃げたら襲ってくるだろうが」

「ああ、そういうことですか」

「ただな、もっと怖いものがある。それがいつも背中を押すんだ」

野路はジョッキを持ち上げる手を止めた。落合は、ちらりと奥の小上がりの席に目をやってゆっくりと瞬《まばた》きを繰り返した。掘りごたつの席には、子連れの一家が賑やかにしている。上は中学生くらいから、下はまだ幼稚園にもいっていないような幼い子までいる。母親はふくよかな体型で、なんの仕事をしているのか指の爪がみな黒い。父親は妻の半分くらいの細さだが穏やかな表情で、自分は少しも食べずにずっと子どもの皿に料理を取り分けていた。

「ここでこいつを逃がしたら、誰かが酷《ひど》い目に遭《あ》うかもしれん。ヘタをしたらあんなような一家が人生を狂わされるかもしれん。そう考えたら怖くて、逃げられやせんさ」

野路は落合から自分の手元へと視線を落とした。

「そうか。やっぱり、凄いですね、刑事ってのは」

面と向かって褒められるのは落合も苦手だし、野路も気恥ずかしいから、お互い目を合わせない。ふん、と照れ隠しのような鼻息だけを聞く。

「お前も、その指のことがなければいい刑事になったろうよ」

またその話か、と苦笑いする。

白バイ隊員だった野路明良《あきら》は、全国白バイ安全運転競技大会で優勝したほどの腕前だったが、その翌年、自動車事故を起こした。そのせいで運転していた後輩は死亡し、大怪我《おおけが》をした野路は回復後も右手に後遺症を抱えることになった。指に痺《しび》れがあるせいでバイクのブレーキ操作が危ぶまれ、白バイを諦めることとなる。更には、拳銃を握ることも許されないから、異動先は常に内勤に限られ、拳銃を必要としない部署を転々としている。

「で、今は津賀署だったか」

落合に訊《き》かれ、野路は頷《うなず》く。

事故の怪我が治ってからは姫野《ひめの》署の開署準備室に出向し、そこから運転免許センターへ、更にその一年後の現在、津賀署警務課に異動した。落合庄司巡査部長とは、姫野署で起きた事件で知り合い、そして運転免許センターの事件でも顔を合わせた。いつも事件がらみだから、たまにはそうでないときに酒を飲もうということで今日のこの席となったわけだ。

「津賀は県のA級署だから署員も多いし、雑用も半端ないだろう」

「そうですね。俺は警務課教養係ですけど、警務係や総務係は暇《ひま》なしで一日中バタバタしてます。係が違うからと知らん顔もできないですから、手伝っているうちに同じようにバタバタすることになる」

「ははっ。ま、若いお前は忙しいくらいがちょうどいいんだ。楽を覚えたら碌《ろく》なことにならん。ちゃんと飯は食っているのか」

「食べてますよ」

「どうせコンビニとかスーパーの弁当だろう」

「はあ、まあ」

「だからなぁ。最初の話に戻るが、お前もそろそろあんな家族を持てよ」そういって落合は再び、小上がりにいる家族に視線を振る。そのまま目を向けた恰好で野路に尋ねた。

「お前、田舎に両親がいるんだったな」

「え。ええ」

視線を戻して、野路に向かって笑《え》みを見せる。

「あんな酷い事故を起こしてずい分心配をかけたんだ。せめて早く身を固めて安心させてやれよ。孫の顔を見せてやれ——っていうのも今はセクハラになるんだっけか？　マタハラか？　男にはいいのか？」と思案顔をするのに、野路は思わず噴き出す。

「今は親の近くに妹夫婦がいます。孫はたぶん、そっちが早いでしょう」

「ほお、妹さんがいるのか。知らんかったな。お前に似てなきゃ美人だろうな」

それがセクハラですよ、というのを呑み込み、「血は繋《つな》がっていないから俺には似てないですが、美人というより可愛《かわい》い感じかな」というと、落合はぽかんと口を開ける。

「繋がっていない？」

「実の父親は俺が中学を卒業するころに病気で亡くなりました。それから三年ほどして母親が再婚したんです。向こうに中学生の娘が一人いて。母子二人暮らしだったのが、突然、四人家族になった」

「中学生の女の子か」

「はい。一緒に暮らし始めるとなんか落ち着かなくて。妹はそうでもなかったようですが、俺は高校を卒業して家を出てこっちの大学に。そのまま警察官になったことで、両親も俺はもう戻らないと思っているでしょう」

「ふうん。なるほどね。お前、あんまり家族の話をしないから、なにかあるのかと思っていたが」

「いやいや、別に仲は悪くないですよ。休みには田舎に帰省しますし、妹ともたまにLINEします」

　複雑な表情の落合を見て苦笑いし、それならと逆に話を振る。

「落合主任こそ、あまり奥さんのこととか話さないじゃないですか」

「そうか？」

　落合の妻が元警察官であることだけは聞いている。子どもはいない。仕事に理解があるから、事件が起きて長く家に戻れなくても、飲んで遅くなっても文句をいわれないのがいいと、妻自慢とも取れる発言をしたことがあった。だが、警察官であったからこそ、仕事のリスクや不規則な勤務の弊害を知り、案じる気持ちも強くなるのではないだろうか。

「それはそうかもしれんな。最近、やたら人間ドックに行けという」

そうでしょうと大きく頷くと、落合は肩をすくめた。

「女房の方は健康でな。元気があり余っているみたいだ。このごろは登山仲間を作って、ほうぼうに出かけて楽しんでいる」

「登山ですか」

「ま、ハイキングに毛の生えたようなもんだがな。子どもができると期待して仕事を早々に辞《や》めちまったから、することがなくて塞《ふさ》いだりすることもあったが」

一度妊娠したが、流産してしまったという。その後、なかなか妊娠しなかったので、いっとき夫婦で熱心に不妊治療に励んだらしい。だが結局、子どもはもてなかった。

野路は短く、「そうですか」とだけいった。

「しかし、女ってのは歳を取るほどに強くなる気がするな」

「へえ」

「なあ、野路よ。一人よりは二人だぞ。わしもそろそろ定年後のことを考える。だが、なにをしていいやらさっぱりわからん。ただ、そんときは女房に頼ろうと思ってるよ。そういう相手がいるってのは安心だぞ」

「そうですか。でも俺はまだ」

「運転免許センターの彼女のことを気にしているんだろう」といい、野路が、まだ一年ですから、というのに、「真面目過ぎるんだ」と繰り返した。

「別に今すぐ結婚しろっていうんじゃないんだ。彼女くらいつくれよっていってんだ。職場と家の往復じゃあ息が詰まるだろう」

「休みにはバイクでツーリングに出かけてますよ」

後遺症があるといっても右手の二本の指だけなので、白バイには乗れなくとも一般的なバイクなら問題がない。

「そのバイクの後ろに髪の長い可愛い子を乗せたら、もっと楽しいぞ」

「それは、そうでしょうが」

「どうだ。本部の子を紹介してやろうか」

「え」

「今日は、その話もあって誘ったんだ」

「そうだったんですか」

「刑事総務にいる女性でな、今年三十らしいが、訊いたら彼氏はいないそうだ」

「そんなことまで訊いたんですか。それこそセクハラですよ。怒られなかったですか」

「いいんだ、いいんだ。わしみたいなオッサンなんか端《はな》から相手にしていないってのか、そういう大様《おおよう》なところがある人なんだ。剣道三段の明るい活発な女性で、階級はまあ、警部補なんだが。なに、お前だってそのうち上がるだろう」

警察では夫婦ともに警察官というのが多い。いわゆる職場結婚だ。今どきは、妻の方が階級が上だからどうのという考え方もなくなってきている。

「はあ。でも、俺のことは知っているんですか」

「あん？　なんだ、白バイ時代のことか。お前、まだ引きずっているのか」

落合はわざと気軽にいうが、野路の抱えているものの重さは十分にわかってくれている。

一時は白バイの英雄とまでいわれた野路が、自動車事故で後輩を死なせた。自分一人が生き残ったことに加えて、当時の自分は後輩の悩みの深さに気づけぬほどにうぬぼれ、浮足立っていたのだという、その羞恥《しゅうち》と悔悟《かいご》の念が自らを責め続けた。退院したなら警察を辞めようと決めていたが、恩師や先輩らの熱意にほだされ、姫野署が無事開署されるまでと思いとどまった。ところが、その姫野で事件が出来《しゅったい》した。それに巻き込まれた野路は、事件の解決に奔走《ほんそう》しているうち、警察官の使命と矜持《きょうじ》を再び蘇《よみがえ》らせたのだった。

「真面目過ぎるってのも考えもんだぞ。ちょっとはよ、羽目ぇを外せ。少々、だらしないくらいがな、人間として魅力が出るってもんだぁ」

ほら、あれだ、ハンドルやブレーキにも「遊び」ってのがあるだろう、それだ、と落合はいい気持ちになったらしく、目をとろんとさせる。呂律《ろれつ》も怪しい。そろそろお開きかなと、野路は会計伝票に手を伸ばす。

「家まで送りますよ」

「あん？　なにいっている、もう一軒行くぞ」

「いやいや。俺は明日、当直ですし。主任もそろそろ帰った方がいいですよ。途中まで方向が同じですから、一緒に乗りましょう」

「うん？　ああ、そうか」と落合は、ジョッキを呷って綺麗《きれい》に飲み尽くす。テーブルに戻しながら、ちらりと上目遣いに見てくる。

「なんですか」

「いや。また、お前と事件がらみで顔を合わせるのは、ご免だなぁと思ってな」

「それはお互いさまですよ」

「そうか。そうだな」

「さあ、帰りますよ」

落合の腕を取りながら立ち上がると、毎度ありぃ、といっせいに声がかかる。会計をすませて引き戸を潜《くぐ》ると、夜のむっとした空気が体を取り巻いた。湿度も高いらしく、気温とあいまってたちまち汗が滲《にじ》む。

「蒸すなぁ」と落合は顔をしかめた。少し前に梅雨《つゆ》入り宣言が出たばかりだ。

タクシーを拾いに大通りに向かう。落合は電車に乗るというが、足元が危うい。もう一度、「俺の家と方向が同じですから」といって歩かせる。

歩道に立って、タクシーを探した。

県道だから数は多いのだが、みな木曜の酔客を乗せているのか、空車がなかなか見つからない。どうしようかと左右を窺《うかが》っていると、見慣れた制服が歩いてくるのを認めた。

津賀市駅前交番の当務員だ。繁華街の方からきたから、徒歩で巡回警《けい》らしていたのだろう。背を向けようとしたが、交番員が気づくのが早かった。敬礼はせずに、制帽の庇《ひさし》に指をかけ軽く会釈を送ってくる。

胸の階級章を見ると巡査部長だ。顔はもちろん知っているが、名前が微妙だ。田尾《たお》だったか田谷《たや》だったか。津賀署の地域課員は数も多い。一緒にいるのは、巡査で今年入ったばかりの新人だ。こちらは教養係として馴染みがある。つい二か月ほど前、学校へ迎えに行き、その後の様々な手続きや勤務の段取りなどを教え込んだ。その都度、顔を合わせた筈だが、私服になると感じが変わるからか、野路とは気づいていないようだった。きょとんとしているのを見て、隣の主任は苦笑いし、野路も笑って応える。

二人とすれ違ったあと、空《から》のタクシーを見つけて落合を放り込む。隣に座って、さっきの警らの二人組を追い越した。後ろを振り返ると、主任が指を差してなにかをいっている。隣の新人は差された方向を見ながら何度も頷いていた。

体を戻してシートにもたれると、息を吐いた。落合は目を開けたり瞑《つぶ》ったりして睡魔と戦っている。

地域課員を見たせいで嫌でも思い出された。

少し前に上司の道端《みちばた》係長から相談されたことだ。いや、既に相談ではなく、野路の仕事として押しつけられたも同然だ。落合が聞けば、事件というほどのものでもないといわれるかもしれないが、野路にしてみれば、こんな厄介な事件はないと思う。どこから手をつけていいのか、警察官としても人間としても経験の浅い自分になにができるのか。思わず頭を抱えそうになったとき、落合の言葉が聞こえた気がして悄然《しょうぜん》とする。

『お前は真面目過ぎるんだ』

隣を見ると完全に眠ってしまったらしく、口から涎《よだれ》をこぼしている。なんだ空耳かと思いながら、本業の合間でできることでもないんだがなぁ、と息を漏らした。

今年の春、警察学校を卒業して津賀署地域課に赴任したのは男性警察官が四名、女性警察官が一名。その男性警察官の一人である友枝蒼《ともえだそう》巡査二十三歳が、五月末ごろから出署拒否をして自宅に引き籠《こ》もっていた。

野路の直属の上司である教養係の道端晋《すすむ》係長は、なんとしてでも友枝を復職させてくれと野路に厳命したのだった。

2

最初に手をつけるなら、やはり周辺からの聴き取りだ。

はっきりとした原因は見つからないし、病院の診断書には、休養を要すること以外に役に立ちそうな記述はなかった。だが、そんな筈はない。理由もなく職を放棄し、大の大人が引き籠もったりはしない。

「そういうけどね、野路くん。出てこなくなってからもう三週間になるんだ。そのあいだ手をこまねいていたわけじゃないよ。地域課はもとより、あちこちの課や署員に聴き取りをして、それでも原因と思われるものはなにも出てこなかったんだから」

そういって、道端は一階受付にある警務課のエリアで制服のシャツの袖《そで》を捲《まく》る。

六月に入って夏制服になったが、まだクーラーの使用は認められていない。たとえ稼働が始まったとしても、節電のため温度は二十八度を下回ることがないから、大して期待はできない。朝とは思えぬ暑さにうんざりしながら、野路は教養係のデスクに着いた。

隣には同じ警務課の総務係と警務係の島がある。それぞれ三台から五台のデスクを集めて島を作り、各係長が要《かなめ》部分に鎮座している。教養係は一番人員が少なく、係長の下には巡査部長の野路の他は勤務歴四年の沼《ぬま》巡査長がいるだけだ。

一階の受付には、免許の更新などを受け持つ交通課の交通規制係、落とし物などを扱う会計課、道路使用許可などの許可係、相談係などがカウンターの内側に並ぶ。

表玄関の自動扉を潜って入ってくる一般来庁者は、ひとまずカウンターの前に立って左右に首を振り、該当する係を探すことになる。どこが担当になるのかわからないときは、カウンター越しに真っ先に目に入る、スペースも一番大きく取っているので当然目につきやすい、警務課の誰かに声をかけることになる。あいにく警務係も総務係もいつも忙ししているから、聞こえていても聞こえない振りをするのが常態化していた。何度も声をかけるのを無視するわけにもいかず、教養係の手の空いている者が応対に出る。割合としては野路が一番多く、次に道端で、沼は玄関のドアが開く気配がすると途端に忙しくし始める癖があった。そして、契約社員でもいいから受付を置いたらどうかと熱心に提案するのがその沼だった。

野路は姫野署では総務の仕事をしていたから、今の仕事も全く初めてではない。だが、まだ開署前の一般人が立ち入らない状況下でのことだったから、今回が仕事らしい仕事となる。そして、やってみて改めて大変な業務であることを身に沁みて感じた。

一般の会社のことはよくわからないが、だいたい総務というのはどこでもその組織の要ではないだろうか。だが、実際にしていることの大半は雑用処理だ。電灯が切れた、壁時計が欲しいといったことへの対応、制服の交換、備品の管理、清掃の段取り、施設設備の点検、補修などなど。クーラーの設定温度を勝手に十八度に下げているのを見つけては、元に戻して注意するのも仕事だ。そしてもちろん、署員全員に関すること全て。出退勤管理、健康管理、柔剣道特練及び各種大会の用意、各課のイベント、本部主導の各運動やキャンペーンへの対応、更には警務課全体の業務として、警察署協議会、安全協会、防犯協会などを含む地域との交流も担当する。どれだけの業務があるのか、全て把握できている者はいないのではないかと思うほどだ。

津賀署の教養係長を務めて六年にもなる道端ですら、いや知らん、初めて聞いた、などということが時どき出来するのだから推して知るべしだろう。

八時半に出勤して制服に着替えるなり、雑用仕事に手をつけ、追われているうち朝礼の時刻となる。教養係が朝礼の指揮もする。大抵は道端が行うが、たまに野路に役割が回ってくることがある。とはいえ、大したことはしない。

三階の講堂に見苦しくない程度の人員を集めて整列させ、署長がくる前に他の幹部もきちんと揃っているよう手配する。そして署長が壇上に上がると同時に号令をかけ、昨日の事故発生件数や検挙案件、大きなイベントがあればそれも報告し、前もって聞いている各課からの伝達事項も述べる。それ以外では、たまに署長の訓示があったり、署長賞の授与、各課からのお願い案件などを挟んだりもする。もちろん、無駄に長引かないよう、かといって案件がなさ過ぎて頭を下げて終わるだけにならないよう調整するのが肝心だ。

つつがなく終わると解散となって、野路はマイクなどを片付けて一階に戻るのだが、その日はあいにく、そう簡単にはすまない日だった。号令のあと、署員がわらわらと出て行くなかでひときわ大きな声が響いた。演台の周辺を点検していた野路は眉《まゆ》をひそめて首を伸ばす。

出入口付近で二人の男が向き合っている姿があった。一人は制服だが、もう一人は私服だ。

「そんなことくらいで、ごちゃごちゃいうな。全く、事務屋ってのはそんなことしか頭にないのか。気楽なもんだ」

「今のは聞き捨てならんな。木之瀬《きのせ》さん、あんた警務の仕事がどういうものか、まさか知らんわけでもあるまい。警務あってこその刑事やら生安やらだろうが。誰のお陰で仕事ができると思っている」

「なんだと。刑事の仕事のわからんやつが偉そうなことをいうな。こっちは寝ずに事件を追っているんだぞ」

「それがどうした。警官なら当たり前のことだろう」

「同じ泊まりでも休憩のたびに熟睡するお前らとは、働いている密度が違うといっているんだ。誰よりも疲れているのがわからねえのか」

「疲れているなら、なんでも許されると思ってるのか」

「そんなことはいってないだろうが」

野路はすぐに数人が取り囲むなかをかい潜って側に行く。やはり、警務課長の呉本裕則《くれもとひろのり》と刑事課長の木之瀬有功《ゆうこう》だった。

呉本は道端係長の同期でもあって五十二歳になる。一方の木之瀬は二人より期は少し上になって五十四歳。この二人、なぜか非常に仲が悪い。犬猿《けんえん》どころかまるで組対《そたい》と反社のような関係性だ。それはどこの署でも有名な話だったらしく、なぜ、この津賀署で顔を合わせることになったのか誰しもが不思議がっていた。

呉本は警部に昇任してこの津賀署にやってきた。警務課長といえば、署長、副署長に次ぐ役職といっていい。ここを無難に過ごせば次は本部だろうし、もうひとつ昇って警視で本部の課長か管理官を目指したい思惑も呉本にはあるだろう。本部を通過したあとは所轄の副署長、最終的には署長も見えているから、そういう意味での意欲満々の人だ。見た目もでっぷりとして署長より貫禄があるといわれる。道端が細々した人だから余計ぶ厚く見えるのかもしれない。

更には上に対してはしごく慇懃《いんぎん》なくせに、下に対しては横柄とも取れるぞんざいな口の利《き》き方をする、ことがある。だから、警務課だけに限らず、各課の係長以下から好感を持たれていなかった。

そして一方の木之瀬は、刑事畑を真っすぐ歩いてきたような、昔ながらの職人気質《かたぎ》の人だ。体型はどちらかといえば細身だが、目つきが尋常ではない。刑事という仕事が好きで熱心なのはいいが、それが度を過ぎて、なんでもかんでも刑事課が一番みたいな態度を見せる。交通安全運動や地域活動運動などは全署員挙げてのイベントなのに、今さら制服を着て街頭でティッシュ配りなどできるかと端から無視する。そんなだからか刑事連中からは慕われていても、それ以外の課員からはよく思われていない。ただ、仕事ができるのは間違いなく、これまでも解決した事件の多さは誰もが知るところだ。

野路は、ここにくるまで二度も大きな事件に関わって犯人逮捕に貢献した。木之瀬は立場上、そのことを口では褒めるが、その洋ナシのようなホクロの多い顔は少しも感心している風に見えない。むしろ素人《しろうと》が余計な真似をして現場を乱した、というような考えがみえみえだった。

そんな二人は今、署員の好奇の顔も目に入らないほどのぼせ上がっている。

近くで見ていた者から話を聞けば、木之瀬がネクタイをしていないことを呉本が咎《とが》めたのが発端らしい。木之瀬は昨夜の当直責任者で、今日は明けだから朝礼に出なくてもいいのだが、解決した事件について署長の前でひと言いおうと出張ってきたのだ。だが、眠れていなかったせいもあって身支度が疎《おろそ》かになった。そういう事情は署員にはわかっているから気にもならないのだが、呉本はここぞとばかりに、朝礼にそんな恰好でなんだと、署長の前で注意し、売り言葉に買い言葉で子どもの喧嘩《けんか》のようになったらしい。署長、副署長はとっくにエレベータで降りているし、慣れている署員は目も向けず、さっさと仕事に戻っている。

野路は強引に二人のあいだに割り込み、刑事課長には本部への報告があるのではないかといい、警務課長には警察署協議会の委員長がこられる予定だと告げて引き離した。それぞれが階段とエレベータとに分かれて階下に向かったのを見て、野路はやれやれと息を吐いた。

「ご苦労さん」と同情混じりに声をかけてくれるのは、地域課の係長だ。見ると、顔は笑みばかりで少しも気の毒がっていない。ちぇっ、と思うが、ここで言葉を交《か》わしたのを好機と歩み寄った。

「係長のところは、今日は確か日勤でしたよね。少しよろしいですか」

「うん？　いいけど、なに」

「あの、例の友枝の件なんですが」

ああ、と途端に本気でうんざりした表情を浮かべた。これまでも地域課長や道端から散々訊かれて、係長なりに責任を痛感しているだろう。そんなところに、再び傷口に塩を塗るような真似はしたくなかったが、とっかかりとしてはやはり事情聴取しかない、と気持ちを強くした。

「心当たりがないことは伺っています。友枝の人となりについてちょっと教えてもらえないかと」

「うーん、人となりねぇ。俺は一係で、友枝は二係だから直接話すことはあんまりなかったぞ」

「ええ。それはわかっていますが、二係の友枝の同期はなにかいっていませんか」

「ああ、同期な。うちにいるのは二人だが、引き籠もったとわかったとき、一応訊いてみたよ」

「それで」

「意外だとはいっていたな。学校では、総代を務めたほど成績が優秀だった。だからこそ県内一大きい津賀署に配置になったのだし、そのことは本人も自覚していたそうだ。そんな友枝が心を病んで引き籠もるなんて、思いも寄らなかったそうだ。ただ」

「ただ?」

「同期同士ではうまくいってない風だったな。だいたい、同期ってのは仲がいいもんだろう? 署でもどこでも気安くタメ口で話せるのは同期くらいだから当然なんだが、あいつに限っては一緒に飲みに行ったりすることがなかったらしい」

「誘わなかったってことですか」

「いや、そんなことはないといっていたな。むしろ、友枝の方が」

「同期とつるむのが好きじゃなかった?」

「まあ、そこまではいわないが、友枝はなんでお前らまで津賀なんだって態度だったそうだ。いや、あくまでもうちの二人が勝手にそう思い込んでいるのかもしれんが」

「そう思い込んでしまうほどの態度や言葉があったということですね」

「うーん、そうなるのかなぁ」

まあ、うちの二人のことを悪く思わんでくれよ、友枝ほど頭は良くないが一生懸命やっているんだからな、といって係長は地域課の待機室へと向かった。このあと、今日の日勤配置についての指示をして、各交番へと係員を送り出すのだ。

野路は、階段を下りながら頭のなかで友枝の身上票を思い浮かべていた。経験のある署員なら前任署からの申し送りがあったりするが、新人だから警察学校の担当教官からの添え書きしかない。

友枝蒼は津賀署に隣接する市に居住。両親と同居で兄弟はいない。大学は県の国立大学を卒業。成績は良かったらしく、当初は公務員総合職を目指していた。受かればキャリアだが、当時の友枝は警察官でなく官僚を目指していた。だが、あいにく不合格となり、その後、県の警察官試験を受けて合格。警察学校で六か月の教養と訓練を終え、この春、赴任した。

趣味は読書、旅行、掃除。趣味の欄を見たとき潔癖症なのかと思い、そのせいで交番の仕事が嫌になったのかとも思ったが、道端が聴き取りした限りではそんなことはないようだ。

第一、当務のときは、古びた交番の二階で湿った布団で寝ることになる。特に、友枝が配置となった大山手《おおやまて》交番は津賀署管内でも年季の入っている方で、壁だけでなく、なかの備品も薄汚れており、奥の休憩室は妙な臭いまでする。また、交番勤務となれば喧嘩の仲裁や酔っ払いの介抱などもあるから、いちいち汚いといっていられない。

「官僚を目指していたのに警察官か。再チャレンジもあっただろうに、どうして警察を選んだのかな。その辺を突っ込んでみるか」

そういって野路は腕時計を見る。

ひとまず一階の自席に戻り、今日の予定や残っている仕事を片付けよう。それから再び、地域課に出向くことを考える。友枝と同じ二係は当務明けで間もなく交番から戻ってくる筈だ。一緒に勤務していた者、特に指導をしていた巡査部長、警部補に今一度当たってみたかった。

そう考えているとき、声がかかった。

目を上げると、カウンターの向こうから手招きしている年配の男性の姿があった。周囲を見渡すも誰も目を上げていない。仕方ないなと思いながら腰を浮かしかけたところで、

「おや、神田《かんだ》さんじゃないですか」と右手から声がした。

どうやら神田なる人物は最初から、道端を呼んでいたようだ。

机のあいだをすり抜けて道端がカウンターまで近づき、なにやら話を始める。やがて頭を掻《か》きながらこちらを振り返った。視線の隅《すみ》に、沼が素早く書類を持って立ち上がるのが見えた。

「ちょっと、野路くん」

呼ばれる前にため息を呑み込み、パソコンの画面を閉じて立ち上がった。

「はい、なんでしょうか」

二人の側へ歩きながら、背中に警務課長の突き刺さるような視線を感じる。道端は妙なバリアでも張っているのか、全く気にしていない風だ。

「こちら実坂《みさか》町区域の防犯委員をお願いしている神田さん。どうやらご近所トラブルが起きて困っているらしいんだ」

民事だから受け付けないという杓子定規《しゃくしじょうぎ》な対応は、控えるようにいわれている。余程、警察とは関係のない案件でない限りは一応、話だけでも聞く。とはいえ、警察も忙しい。できるだけ関わらない方向へ持って行きたい。だが、この道端は人がいいというのか、地域住民とは警察官としてではなく、人間として接することを本分とするらしく、なにを頼まれても滅多《めった》なことでは断らない。だから内勤の割には、顔見知りの住民が多い。

野路はひとまず、「それなら相談係へ」といってみる。係の方を指で差し示したが、あいにく誰もいない。そういえば、少し前に生安課へ相談案件について話し合いに行くようなことをいっていた。

「いや、それが急ぐらしいんだ」老人を巻き込んだ騒動が起きているという。

「交番から誰か行かせたらどうですか」

「お巡りさんがわざわざ出向くことじゃないといって遠慮するんだ」

俺もお巡りさんですが、っていうかここにはお巡りさんしかいませんが、といいたいのを我慢する。恐らく本署の一階で事務仕事をしている警察官は気楽だと思われているのだろう。

神田という男にとって道端は警官でなく、近所の自治会役員かなにかに見えているらしい。そしてその道端さえもまた、顔なじみのオッサンのような対応振りなのだ。呉本課長の視線が鋭くなったのを意識する。

「僕が行きたいんだけど、ほら、これから警察署協議会があるじゃない。さすがにそれに出ないわけにはいかないから。野路くん、悪いけどちょっとだけ見てきてくれないか」

「はあ」

神田が後押しのつもりか、「大丈夫、ちょっと制服姿を見せて、まあまあっていってやれば収まると思うから」という。そんな程度のことならあんたが行ったらどうだ、といいたい。いいたいが、横から道端が頼むなと片手を挙げて拝んでいるから、両肩を揺すって息を吐くしかなかった。眉根を寄せながらも頷くと、道端が、ついでに例の件も見てきたら、とぽつりと口にして背を向けた。

管内の地理についてはようやく頭に入ったところで、少しの間があったがその場所が浮かんだ。そして、さきほど思い返していた友枝の身上票にある住所が蘇る。近いとはいえないが、方向的には同じだ。そうか、と合点《がてん》する。友枝の自宅は津賀市ではないが、神田のいう地域とは市の境界を挟んで接している。それで野路を呼んだのかと道端を振り返るが、もう忙しげに会議の仕度を始めていた。側では呉本が苦虫を嚙《か》み潰《つぶ》したような顔で、道端を見下ろしていた。

野路は神田に待っていてくれといってすぐに出かける仕度をする。自転車できたというので、野路も警務課用の自転車を借り出す。仕事でバイクには乗れないが、自転車なら問題ない。

警察官も自転車の際はヘルメット装着となり、白地に黒のラインの入った流線型のものを支給されている。ヘルメットにチョッキ、そして拳銃のない帯革を締めて外に出た。

陽《ひ》はさんさんと降り注《そそ》ぎ、午後に雨でもくるのか空気が湿っていて肌に張りついてくる。ヘルメットの縁《ふち》を少し持ち上げ、ちょっとでも風が入るようにする。

神田が前を行くのを追い駆ける。走ると風が湧き、多少なりとも涼しさが感じられ、気持ちも晴れる。白バイ時代は、ほぼ毎日、外で訓練をしていたから、正直、こういった内勤の仕事は肩が凝る。運転免許センターでは、二輪車の試験監督官だったから、限られたスペース内ではあったが外を走り回ることが多かった。

　もちろん警務課もたまに外へ出て活動することはあるが、概《おお》ね庁舎内だ。これから暑い季節を迎えるから外勤仕事の連中からすれば恵まれていることになるだろうが、夏の陽射しであれ、冬の雨であれ、外の空気を吸っている方が野路の性《しょう》に合っている。

「あ、そこそこ。まだやっているな」

　神田が角を曲がるなり声を上げた。野路も上半身を伸び上がらせて前方を見る。

　人だかりというほどでもない。四、五人ほどの人間が道の真ん中でいい合っている。朝の出勤時間は過ぎているから、他に人通りはなく、隣近所も静まっている。ベランダで洗濯物を干していた女性がちらりと目を向けたが、出かける時間が迫っているのかそそくさとなかに入った。

　集まっているなかに青い制服姿が二人見える。側にはバイクが二台。地域課の警官だ。

「なんだ、きているじゃないか」

　自転車を降りて、神田と共に近づく。主任と巡査の二人組が、野路を見て会釈してきた。

「野路主任、どうしたんですか」と野路より少し年下の主任が問う。

「ああ、防犯委員の男性が本署に駆け込んでこられたんで、ちょっと様子を見にきたんだ。そっちは？」

主任が頷いて、「たまたま近くを通りかかったら、声をかけられたので。喧嘩っていう話でしたけど、ちょっと違うみたいですね」といって振り返る。二人は確か二係で当務明けだ。本署に戻る途中だったのだろう。

住人が集まっている中心に年配の女性が見えた。八十代かもっと上かもしれない。白髪頭をうしろでひっつめ、背が曲がっているから野路の半分ほどの身長しかない。顔は小さく皺《しわ》と染みが散っている。どう見ても後期高齢者で要介護者ではあるまいか。それなのに、その老女を二人の男性が押さえていた。

「勝手に人の家に入り込んだら、泥棒じゃないか。ねえ、そうだろ。早く捕まえなよ」

存外に張りのある声でそう叫ぶものだから野路はぎょっとする。泥棒と名指しされたのは五十歳前後くらいの中肉中背の男性。サラリーマンならとっくに出勤している時間だろうが、自営業かなにかなのだろうか。服装も皺の寄った半袖ポロシャツにグレーのチノパン、ズック靴だ。男は四角い顔を真っ赤《まっか》にして、薄い唇を震わせていた。完全に頭に血が上っているようで、こちらも六十代くらいの男性が懸命に宥《なだ》めている。

「泥棒って、どういうことだ？」

「いや、どうも勘違いのようですよ」と主任がいう。神田を含めた男性らは近所に住んでいるらしく、もめる声を聞いて出てきたそうだ。少し前に現着した地域課員は、大まかな話を既に聞いていた。

「あそこのアパートの一階奥がこちらの男性の住まいらしいんですが」と道路の右側にある二階建ての古びた建物を指差す。築年数も相当経《た》っている雰囲気で、階段も外付けのものがひとつあるきりで、酷く錆《さ》びついているから上り下りのたびに軋《きし》んだ音を立てそうだ。ドアも昔風の木の扉で、横手の壁に小さな窓が見える。恐らく2Kか1LDKではないか。

「それで、あちらのお年寄りがいうには、その部屋には親しい友人が暮らしている筈だ、この男性は嘘をいっている、友達をどこへやったと騒ぎ出しまして」

「勘違いってこと？」

「ええ。男性の家であることは、先ほどお隣の人に確認しています。三か月ほど前にこちらに引っ越してきたそうで、そのとき、以前住んでいたお年寄りが亡くなっていることも教えてもらいました」

「なんだ」と力を抜きかけると、更に大きな声が響き渡る。

「年寄りなのをいいことに追い出したのか。酷いことしたんじゃないのか」と老女は唾《つば》を飛ばした。神田が近づいてきて、「ほらね、こんな調子なんだ。高原《たかはら》さんが気の毒だからさ、なんとかしてあげてよ。だいたいこのお年寄り誰？　どこからきたのかわかんないかな？」という。難癖をつけられた男は高原というらしい。

主任が若い巡査に、「捜索願が出ていないか確認してみて」と指示する。そのとき、巡査が友枝と同期で、今年赴任したばかりの新人警官であることに気づいた。主任が老女に近づき、身を屈ませて目線を合わせると、ゆっくり大きな声で尋ねる。

「おばあさん、落ち着いて。ほら、警察がきたからもう大丈夫ですよ。我々がちゃんとしますから。まず、おばあさんのお名前を教えてもらえないかな」

老女は制服をまじまじと見つめたあと、震えるように頷くと再び指を差して、「こいつを捕まえて、お巡りさん、あたしの友だちがいないんだ。きっとこいつが殺したんだ」と叫ぶ。まあまあ、と宥めるように声のトーンを柔らかくして再び、お名前は？　どこからきたの？　と質問を繰り返すが全く届かない。友達の家に勝手に住んでいる男が憎くて仕方がない様子だ。

野路は声を潜めて、「認知症かな」と呟《つぶや》くと、主任も大きく頷く。新人警官は署活系無線の送話口を持ったまま、「特に届け出はないそうです」と報告する。それを聞いた主任は、「ひとまず本署で保護します」といった。野路も頷くしかない。

神田にそういい、協力していた近所の人らにも告げる。みなほっとした顔をするが、一番の被害者である高原という男性は憤懣《ふんまん》やる方ない表情を崩さない。まあまあ、お年寄りなんだからと周囲が宥めて、ようやく納得させる。

「なにか身元を証するものお持ちじゃないですか。一応、報告書を作成するので」と主任がその男性に声をかけた。

え、という形に口を開け、すぐに子どものように拗《す》ねた顔をする。なんでわしが、とぶつぶついいながらもズボンの後ろポケットから、黒い糸のほつれかけた財布を取り出し、なかから免許証を抜き取った。主任が受け取り、新人巡査に渡す。新人はメモを取り始めたが途中で手を止め、スマホで撮っていいですか、と訊く。

「なんでそんなことまでしないといけないんだ。わしは被害者だぞ」と目を怒《いか》らせた。

「ああ、すみません。大丈夫ですから」と主任が素早く言葉を挟み、巡査にすんだのならすぐに免許証を返すよう指示する。はい、といって巡査が指で軽く握った免許証を差し出し、男性が受け取ろうとしたその僅《わず》かな隙《すき》に、信じられない動きがあった。

引き止めていた連中から解放された老女が、ちょこちょこと走り寄ってくると体を伸び上がらせ、免許証をぱっと奪い取ったのだ。

その場にいた全員が、あ、という口のまま動けずにいた。野路と主任が慌てて老女に追いすがるが懐《ふところ》に抱え込んでしまった。我に返った持ち主の男性は、怒声を上げて拳《こぶし》を振り回そうとする。神田らがまた宥め始め、そのあいだに取り戻そうとすったもんだするが、老女は握ったまま地面にしゃがみ込んでしまった。

「おばあちゃん、返して。それ、おばあちゃんのじゃないでしょ」

「いいや、泥棒が持っていたんだから、きっと友達の大事なものなんだ」

「よく見て、ほら、写真があるでしょ。お友達の顔じゃないでしょ」

「そんなことわかるもんか。泥棒が勝手に自分の顔を貼ったに違いないんだ」

「いや、そんな」

野路は思わず笑いかける。無茶苦茶な話だが、確かに偽造免許証というケースもある。以前に、そんなような事件に関わったことがあるだけに、思わず老女のいい分に頷きそうになった。

とはいえ地域課員の二人が途方に暮れているのだから、なんとかしなくてはならない。

高原は怒りの持って行き場を失くしたからか、新人警官に八つ当たりする。

「あんたがちゃんと持っていないからだ。どうしてくれる。免許証がなくちゃなにもできんだろうが。もしも面倒なことになったら、あんたに責任取ってもらうぞ、いいなっ、わかってんのか」

友枝の同期は、顔を強張《こわば》らせる。確かに不注意ではあったが、今はそんなことをいっていられない。すぐに主任があいだに入り、「大丈夫です。ちゃんと取り返しますので。えっと高原さんでしたね、このあとなにかご予定がありますか。免許証が必要なご用とか。お仕事ですか」

「違う」といった高原の声が僅かに揺れる。「……仕事を、仕事を探しに出かけるところなんだ。免許証がなくちゃ困るだろうが」

「ああ、そりゃそうですね。わかりました、もう少しだけ、待ってもらえますか。あ、できれば離れたところで、アパートの部屋で待っていてもらえると助かります」

「大丈夫なのか。免許証を破られたり、汚くされたりしやしないだろうな」

「そんなことはさせません。ともかく、今はお宅が側にいない方がいいと思いますので」

「う、うん。早くしてくれよ、こっちは急いでいるんだ」

「はい」

そういって高原がアパートの方へ戻る。その背を見送っていると、神田が横にきて同じように視線をやった。

「高原さん、えっと高原なんだっけ、フジオさんだっけか。あの人、こっちにくる直前に失業しちゃったらしいんだよ。気の毒にね」といっている割には口調は冷《さ》めている。昼間、うろうろしているのを近所の奥さん達が気にしているという話が、神田の耳に入っているらしい。職探しをしているのなら仕方がないと思うが、防犯委員としては色々気遣わねばならないのだろう。

「ここんとこ昼間に見かけなくなったから、てっきり仕事が見つかったのかと思ってたけど、まだ駄目なんだねぇ」

主任は再び老女の側に膝を突いて言葉をかける。野路も巡査も見ているしかない。相手が相手だけに力ずくというわけにはいかないし、まともな人なら説得するという手もあるが、老女に対しては果たしてどうだろう。認知症も発症しているように思えるから、時間がかかりそうだ。野路は腕を組むと、隣に立つ新人に声をかけた。

「大丈夫か」

高原という男にきつい口調で詰《なじ》られ、動揺したように見えた。友枝の同期で今春赴任した二十三歳の私立大卒。東北出身で両親と妹が地元に暮らし、本人は独身寮住まいだ。友枝と同じ二係。まだ幼さの残る顔が、失態を責められたせいでなのか赤く染まっている。

「はい、すみません。まさかあんなことになるとは思っていなくて」

「昨夜《ゆうべ》、忙しかったのか」

「え。ああ、はい、まあ色々ありました」

とっくに本署に戻っている時間なのに、まだこんなところをうろうろしていたということは、交番でなにか後処理があったのだろう。目が赤いのは寝不足のせいかもしれない。

地面では危険を察して防御態勢を取っているハリネズミのような姿があった。主任が両手を突いて丸まった体の奥を覗き込むように顔を近づけ、声をかける。ぴくりとも動かないのを見て、最悪、強引に体を抱え上げようかと考えているとき、声がかかった。

野路と巡査が振り返り、主任も体を起こした。

「竜内《りゅうない》さん、より子《こ》さん、どうしたんですか、大丈夫ですか」

二十代後半か三十代前半くらいのショートカットの女性が自転車から飛び降りると、押しながら駆けてきた。水色のヘルメットの下から汗が流れ出て、丸い顔をてからせている。大きな瞳は不安に揺れ、ハスキーな声で案じるように名を呼ぶ。

「より子さん、どうかしたんですか? 怪我でもしたの? 救急車は呼びましたか」

野路が説明した。女性は、ああ、という言葉と共に安堵《あんど》した表情を浮かべ、薄い緑の半袖のポロシャツの首に垂らしているネームカードを掲げた。

「わたし、こちらの竜内さんのホームヘルパーをしている安西《あんざい》小町《こまち》です。今日、ご自宅に伺ったら玄関の扉が開いたままで、どこにもいらっしゃらないから捜し回っていたところでした」

「そうなんだ。ちょうど良かった。悪いけど免許証取り戻してもらえるかな。さっきからハリネズミ状態で、俺らでは無理みたいなんだ」

「はい、もちろんです」そういって小町は大きな口を真横に広げて微笑《ほほえ》んだ。花が開いたような笑顔だと思った。大きな花でも派手な色の花でもない、冷たい冬を耐えてきた強《したた》かさと可憐《かれん》さがないまぜになっている、そんな気がした。

「竜内さん、お家に帰りましょうか。もうご用はすみましたよ。足大丈夫ですか。よくここまでこられましたね。凄いじゃないですか」

老女は顔を上げ、ぼんやりした目つきを小町に向けた。どこかで記憶の回路が繋がったらしく、ああ、と先ほどとはうって変わった声を上げる。

「友達のところに遊びに行こうと思ってさ」

「そうなんですね。でも、お友達はお留守ですよ。また日を改めてきましょうか。さあ、立てますか」

「おや、そうなの。じゃあ、仕方ないねえ」

小町が上半身で包み込むようにして老女を立たせる。そしてそっとその手から免許証を抜き取った。素早く手を後ろに回したので、野路が免許証を受け取る。

「どっか痛いとこないですか？　歩ける？　車椅子《いす》持ってこようか」

「歩ける」

「そうなんだ。凄いなぁ。こんな遠いとこまで歩けたんだから、より子さんまだまだ若い」

ふふふ、と老女の顔が皺でいっぱいになった。よちよちと歩き出す。

主任が念のためと、小町に老女の住所氏名を尋ねた。珠ケ丘《たまがおか》三丁目というのを側で聞いていた神田が、思わず感心した声を上げる。ここから歩いて男の足でも十分以上はかかるよ、というのに、新人警官も目を瞬《しばたた》かせた。

老女を支えながら、片手で自転車を運ぼうとするのを見て、主任が踏み出した。それを野路は押しとどめ、「当務明けだろ。あとは俺がするから、免許証をさっきの男に返したら本署に戻れよ」といった。主任と新人巡査が揃って敬礼をするのに手を振って応える。

そして神田という男にも、集まっていた連中にも敬礼をして、安西のあとを追った。

「自転車はわたしが運びましょう」と声をかけてハンドルを握った。自分の自転車もあるので両手で運びながら、一緒に歩く。

小町が、「わあ、すみません。助かります」とまた大きく笑った。

3

小町という可愛い名を持つホームヘルパーが案内してくれたのは、津賀市でも古くからの住民が暮らす地域だった。駅から少し離れているせいか、店舗類もない閑静なところで、住民も年配者が多い。小町の勤める介護ステーションでも、この一帯で契約している利用者は年々増えているといった。

そんななかでも、老女の自宅はひときわ古びて見えた。庭の広い平屋建てで、ある意味贅沢《ぜいたく》な造りだが、築年数は五、六十年ではきかないのではないか。閉め切った雨戸は木でできたもので、壁は黒ずんでひび割れ、瓦の屋根も一部がずれている。庭には名前のわからない樹木がうっそうと繁り、手入れもされずに伸び放題となっていた。

自転車を前庭に置いて、ガラスの嵌《は》まった玄関扉を開けるまで見送る。小町はより子をなかにいれると、一旦、外まで出てきて野路に丁寧《ていねい》に礼をいった。一応、どのような暮し振りなのか訊いてみる。

「竜内より子さんには、三年ほど前からご利用いただいています。身体的には問題はないんですが、少し前に軽い脳梗塞《のうこうそく》を起こされてから以降、まだら認知症の兆候が見え始めました」

年齢は今年八十五歳で一人暮らし。脳血管の病気の後遺症として認知症を発症することがあり、現在も定期的に医師に診てもらっているという。より子の場合も、重度のものではないにしても記憶にばらつきが生じ、今日のような混乱がたまに起きるらしい。

「家事以外のご自身の身の回りのことはお一人でおできになりますし、買い物だって行かれることもあるんです。頭もしっかりしておられるんですけど、どういうスイッチが入るのか、突然、昔と今がごちゃごちゃになって、あんな風に突拍子もない行動に出られることがあって」

「そんなときでも、あなたのことはちゃんとわかっているようだ」

より子が小町の声にすぐ反応し、安堵するような表情を浮かべたのを見ていた。

「どうなんでしょう。お友達の一人と思っているのかもしれないけど。ふふっ」

わたしはまだ三十二なんですけどね、と悪戯《いたずら》っぽく笑う。その笑顔につられてつい、同い年ですよといってしまった。小町が、あら、という風に黒目をくるりと回す。

安西小町がより子に気に入られているのは間違いない。他の人が担当するとよくもめるとかで、小町がほぼ毎日、様子を見にきているらしい。ただ一日中、側にいるわけではなく、時間を決めて他の利用者と並行して受け持つのだ。

安易に、大変ですね、という言葉をかけるのも気が引けるほど、小町は屈託なく、ことさら自分の仕事が重大などと思うでもなく、それでいて自信に溢《あふ》れ、真摯《しんし》に向き合っているように見えた。

「なにか困ったことがあれば、いつでもご相談ください。わたしは、津賀署警務課の野路です」そういって名刺を渡す。

小町は両手で受け取ると名刺に目をやり、「巡査部長さんですか？　偉いんですね」とにっこり笑った。

「いや、全然、下っ端《したっぱ》ですよ。こういう外回りの仕事もたまにあるので、気軽に声をかけてください」

軽く会釈して別れる。自転車を押して敷地を出ると、さてと、と本来の仕事を頭に浮かべながらきょろきょろ見回した。意外なことに、出署拒否中の友枝蒼の自宅は竜内より子の家のすぐ近くだった。通りを一本挟んだ向こう側が隣の市になる。角にある住居表示を確認しながら歩いた。

「思わず気軽に声をかけてくれなんていったが、まずかったかな」とひとりごちる。これでは係長と同じことをしているなと苦笑いが出た。道端が暇さえあれば外に出る仕事を見つけて出歩いていることを思い出す。必要以上に住民と親しくなることに野路は懐疑的だが、今日、安西小町と会ったことで、道端の気持ちが少しはわかる気がした。そんな話を落合にしたら、きっと相手が女性だからだろうと、突っ込まれるから黙っていよう、と心に決め、頭を切り替える。

友枝の自宅を見つけて門扉の前に立ち、周囲を確認する。この辺も昔ながらの住宅地で、庭付きの戸建てが並ぶ静かなエリアだ。どの家も五十坪以上はあるだろう。なかにはブロックの端から端までその家の壁だという屋敷もあった。そんななかにあっては、友枝蒼の自宅は中クラスといえるか。白いフェンスに囲まれた庭には桜や松の木があり、建物だけでも五十坪はあるように見える。

インターホンを押して、母親らしい女性に氏名と官職を名乗る。制服姿なのでバッジまでは見せない。

友枝の母親は息子が中学受験を迎えるころに仕事を辞めていた。一人息子の教育に身心とも注入することにしたらしいが、それだけ期待が大きかったのだろう。母と子の二人三脚のお陰もあってか、順調に進学を果たし、国立大学に入った。卒業後は官僚になることを目指し、そのために励んだが、ここにきてうまくいかなくなった。国家公務員総合職の試験に失敗したことに母親は相当ショックを受けたらしい。なにせ受験戦争の締めくくり、最後の戦いで負けたのだ。むしろ本人の方が諦めは早かったようだというのが、母親と面談した地域課長の印象だ。

試験に落ちてしばらく経ったとき、外出先から戻った友枝は、落ち込む母親に向かって、警察官の試験を受けるといったそうだ。警察官僚を目指すということかと父親が帰宅した際に確認したら、そうではなく県が募集しているいわゆる地方公務員になると告げた。

野路は、そんなやり取りが記《しる》された報告書を脳裏《のうり》に浮かべながら、玄関からリビングに上がる。父親は仕事に出ていて、日中は母親と二人きり。ダイニングを横切るときにちらりと見ると、朝食で使ったらしい食器が洗われずにシンクに溜まっていた。

「食事とかは問題なく摂《と》っていますか？」

報告書にも書かれているが一応訊いてみると、母親は首《こうべ》を垂れる風に頷く。風呂も入るし、トイレも行く。顔を合わせたとき話しかければ短く返事くらいはする。部屋に籠もったきり息を潜めているわけではないようだ。ただ、外には出ないし、仕事の話をするとプイと顔を背《そむ》けて部屋に閉じ籠もってしまう。

疲れ果てたらしい母親は頰《ほお》に片手を当て、視線を虚《うつ》ろに揺らしながらいう。

「正直、仕事が嫌なら辞めてくれていいと思っているんです。むしろ少しでも早い方がやり直しもききますでしょ。もう一度、総合職の試験を受けてもいいし、国家資格の税理士とか司法書士とか、なんでしたら弁護士だってまだいけるんじゃないかと思っていますのよ」

だから、辞職を勧めて欲しいみたいないいように、野路は頷くことをせずに横を向く。

視線を階段に向けたまま、「友枝さんの部屋まで行ってみてもよろしいですか」と訊いた。母親は、入れ替わり立ち替わり本署の人間がきて同じようなことをしているのを見ているせいか、大した期待もしてない風に機械的に頷く。

階段を上がって、教えてもらった部屋の扉の前に立った。階段下にいる母親は、野路がドアをノックするまで見ていたが、すぐにリビングの方へと引っ込んでしまった。

「友枝さん、友枝蒼さん、野路明良です。覚えていますか、教養係の巡査部長で学校まで君を迎えに行った」更に声のトーンを抑えて、なかに入れてもらえないか、と訊いた。

少し待って返事がないとわかると、戸を叩《たた》く手を止めて言葉を続ける。

「しばらくのあいだ地域課の人間はここにはこないから。なにかいいたいことや用があれば、わたしにいってもらえるかな」

今、なにかある? と訊くが返事はない。今日は、挨拶《あいさつ》だけにしようかと帰りかけるが、それも愛想がない気がして、ここにくるまでに出くわしたことを口にしてみた。

神田という地域の防犯委員が署を訪ねてきたこと。人のいい道端係長が野路に見に行くよう指示したこと。竜内より子と高原のもめ事。安西小町というヘルパー。そして、竜内の家がここのすぐ近くだということなどを取りとめもなく話す。

　そして、少し躊躇《ためら》ったが、その現場に友枝の同期が居合わせたことも教える。免許証を老女に奪われる失態を犯したことは告げなかったが、昨夜は当務で忙しかったらしいとだけいった。

　扉の向こうに動きがないとわかって、野路は「それじゃ、またくる」といって階段へと向かいかけた。なにか聞こえた気がした。すぐに扉の前まで戻って、「え。なんだ？」と耳をそばだてる。

「ちゃんと対応してましたか」

「え。誰が？」

　友枝は同期の名をいった。ちゃんと対応、とはどういう意味だろうかと思いながら無難に応える。

「そうですか」という感情のない返事。

「彼も君と一緒で、赴任して二か月になるからね。相方の主任に教えてもらいながら、一日でも早く仕事を覚えようと頑張っているところだよ」

　返事はない。説教臭くなってしまったかと小さく後悔する。再び背を向けかけると、ふいに声がかかった。

「頑張っている、ですか。頑張ったからどうなんでしょうね」口調に嘲笑《ちょうしょう》しているニュアンスがあると思うのは考え過ぎか。

「どうなんでしょう、ってどういう意味？」冷静に喋《しゃべ》れと自身にいい聞かせながら、会話を続ける。

ほんの僅か躊躇う気配を感じたが、気のせいかもしれない。友枝蒼がいう。

「人には能力の限界というのがありますから。どれほど頑張ってもある程度まで行ったら頭打ちでしょう」

「確かに、人にはそれぞれ能力に差があるだろう。だが、本人の努力と周囲の助力を得て、また経験と修練によって能力以上のものが発揮できるんじゃないか」

「助力に経験ですか」

「ああ。特に警察の仕事は、経験が大事だと考えるがな」

「経験を積むにしても、元々の能力が肝心でしょう。そうでなければ昇任できないし、他の部署へも異動できない。いつまでたっても交番勤めじゃ、経験だってたかがしれている」

「交番勤務で得る経験は、たかがしれているというようなものじゃないと思うが」

「そうでしょうか。今、いわれたもめ事だって所詮、ご近所同士のトラブルですよね。警察が介入する案件でもないし、実際、ヘルパーがきたことであっさり片付いた」

「そうかもしれないが、住民が助けを求めたことに応じるのは警察の基本だし、このことが端緒となって別の事案や事件に繋がるかもしれない。交番というのは、そういうことを未然に防ぐためにあると思うよ」

「ですがその交番や警察官のことを、一般市民はどれだけの信頼と畏敬を持って見ているんでしょうね。その存在を本当に有難く思っているでしょうか。僕は皆無に等しいと思っています。いずれ、交番なんか必要なくなる。ＡＩや監視カメラがあれば、交番の仕事は十分こと足りる」

野路は一歩踏み出して、ドアのすぐ前まで鼻先を寄せた。

「ちょっとこのドアを開けてくれないか、友枝。そういう話をドア越しでしたくないし、できるとも思えない。君とは赴任したときに少し話した程度で、俺もよくわかっていない。ちゃんと顔を見て話さないか」

「結構です。どうせ期が上だからとか、階級が上だからとか、そういう立ち位置でしか話されないでしょう。そういうのは、今の僕には単なる自己満足の説教にしか聞こえませんから」

「友枝っ」

「帰ってください。もうお話しすることはありません。赴任したとき、お世話になったのでつい声をかけてみました。でも、他の方と少しも変わらないとわかりましたから、これ以上、野路主任と話しても僕にはなんの益もありません」

ふつりとラジオのスイッチが切れたように沈黙が落ちた。ドアに耳を当てて気配を探ったが、まるで人などいないかのようだ。何度か呼びかけたが無駄だった。

諦めて階段を下り、母親に挨拶をして辞去する。自転車に乗る気力もなく、押しながらとぼとぼと歩いた。感情的になってしまったことは反省すべきだろうが、友枝のいい方が気に食わなかったのは事実だ。

最初、気にしたのは同期のことだった。自分はちゃんとできなくて、自分より劣っている(と思っている)同期がちゃんと仕事をしているのが癇《かん》に障《さわ》った？ そんな風に野路には感じられたが、他にもなにかあるのだろうか。わからない。友枝がいったいなにを考え、なにを悩んでいるのかわからないし、いっていることはひとつも理解できない。

見上げると真上に差しかかろうとする夏の陽があった。

数年前、炎天の下で野路は毎日、汗を流していた。あのころ、自分は一人でなく、多くの仲間と一緒だった。汗だくになって、土汚れも気にせず、一秒でも早く、ひとつでも多く障害をクリアしようと互いに励まし合った。白バイの訓練では、先輩後輩、上下の差はあっても、大会を目指すという同じ目的の前では等しく同志だった。だからこそ辛《つら》い訓練にも耐えられたのだ。

当時の後輩はみな真っすぐで一生懸命だった。野路は、風を切って走る白バイ乗りに悪いやつはいない、せこいやつもひねくれたやつもいないと思っていた。あんな友枝のようなやつは一人もいなかった——。

自転車のハンドルを握る右手に視線を落とした。

本当にそうだろうか。

本当に、野路は人の気持ちがわかっていたのだろうか。わかろうとしていただろうか。後輩が野路のようになりたいと望みながらも自身の技量に不安を覚え、その不安を払拭しようと必死であがいていたことに気づけなかった。運転を誤るほどに深い悩みを抱えていたことがわからなかったではないか。そのせいで若い命を失わせてしまった。悔やんでも悔やみきれない、一生、消えることのない罪の意識。

「同じ過《あやま》ちを犯すわけにはいかないな」

もっとちゃんと友枝と向き合ってみよう。単に、気に入らないとか理解できないとかじゃなく、とにかく話をし続けよう。声をかけ続けよう。そうして少しずつでも向こうが歩み寄ってくれるのを待ってみよう。そう思い、サドルに跨り、ペダルを踏んだ。走り出すと、すぐに涼やかな風が体を取り巻いた。

4

日に一度、友枝の家を訪ね、ドア越しに話しかけるのを日課にして五日が過ぎた。土日を挟めば一週間で、その間、一向に変化はなかった。地域課の係長からどんな様子だと訊かれることはあるが、道端はなにひとつ尋ねてこない。友枝の家へ行ってきますと告げても、他の用事と変わらぬ感じで、「気をつけてな」とだけしかいわない。

そんな風にして迎えた六月二十日の火曜日の朝、一階受付周辺がざわついているのに気づく。まだ始業前の時間で、当直員も拳銃を腰に下げたままだ。いつもなら当直責任者が点呼するのを待つあいだ、コーヒーでも飲みながらぐだぐだしているのに、妙に緊張した顔つきで姿勢を正していた。

「なにかあったんですか」

そんな当直員の一人に声をかけようとしたところ、いきなり、「来たぞ」と誰かが叫んだ。受付横の大きな窓から、門扉を開けて署の駐車場に捜査車両が入ってくるのが見え

た。津賀署の車両でないことは、車両管理も警務課の仕事だからひと目でわかる。そのなかに
「まさか」と思っているうち、車が停まってドアから捜査員が降りてきた。そのなかに見見知った顔を見つけて唖然《あぜん》とする。

窓越しに落合も野路の姿を見つけたらしく、一瞬、立ち止まる。そして、どういう意味なのかわからないが、両手を上に挙げてバンザイするような恰好をして見せた。隣にいる同僚が怪訝《けげん》そうな目つきをしたが声はかけない。

やがて県警本部捜査一課の面々は、裏の通用口からなかに入ってきて、一階の受付前を横切った。誰一人こちらに目もくれず、フロアの端にある階段を目指す。カウンター横に立つ野路はその一団を黙って見送った。落合も今度は目も合わせないまま、足早に通り過ぎる。

「野路っ」

奥から声がかかり、反射的に返事をする。昨日、当直だった警務課の警務係長だ。

「うちに捜査本部が立つ。当直員だけで三階の講堂に仕度をしたが、まだなにかいるかもしれんから見てきてくれ」

「はい」

すぐに更衣室に入って制服に着替える。他の警務課員らもやってくるなりわらわらと動

き出す。いつもぎりぎりに出勤する沼の姿はまだない。階段を駆け上がりながら、警務係の主任に尋ねる。

「事件ですか」

「ああ」

「殺しなんですね」

「らしい。今朝早く、通報があった。珠ヶ丘三丁目で、一人暮らしの老女が死んでいたそうだ」

その場所に覚えがあった。まさかと思いつつ、三階の講堂に向かう。捜査本部は大概、ここに設営される。そのため講堂は関係者以外立ち入り禁止となって、以後、朝礼は五階の剣道場ですることになる。

なかに入ると既に講義型に長テーブルやパイプ椅子が整然と並べられ、正面には雛壇《ひなだん》、ホワイトボード、スクリーンなどが設置されていた。他に、壁際にはパソコンなどの必要な機材がところ狭しと置かれている。

顔見知りの刑事課の刑事が野路を見つけて、「機材を繋ぐコードがもう少し欲しいな」という。わかりましたと返事し、他にもないかと視線をあちこちに振った。視界に落合の顔が入り込み、人差し指をくいくい曲げているのに気づく。

こっそり講堂を出たところで顔を合わせると、いきなり怒られた。

「事件で顔を合わせるのはご免だといったろうが」

そんな無茶苦茶なと苦笑いすると、落合も笑う。

「どういう事件なんですか」

なにげなく訊くと、途端に落合は三白眼になって睨みつけてきた。

「お前、余計な真似はするなよ。そしてなにかわかったら、わしにだけこっそり教えるんだぞ」と矛盾したことをいう。

「いやいや、ここでの俺は警務の仕事で手一杯ですから。事件に関わることなどありませんよ」

「本当だろうな」

「はい」

ふうむ、と落合は腕を組み、組んだまま身を寄せてきた。

「一人暮らしの老女が撲殺された。現場を見てきたが、凶器は側にあった土鍋だ。恐らく即死だったろうな。気の毒に」

「強盗ですか」

「さあな。争った跡はあったから、そうかもしれん。平屋建ての庭の広い家だ。住民同様に古びていて、玄関の鍵《かぎ》もお粗末だが、侵入口は庭に面した縁側からと思われる。近所では一人暮らしでホームヘルパーの世話になっていることは知られているから、夜なら容易《たやす》いと賊《ぞく》は思ったのかもしれん」

「珠ヶ丘三丁目の平屋建て、ホームヘルパー」

「なんだ」

「落合主任、通報者は誰ですか。そのヘルパーさんじゃ」

「ヘルパーだったらなんなんだ」

落合の形相が一変した。惚《とぼ》けた狸《たぬき》の顔が、獲物を見つけたハゲワシのような目つきになる。あえて無視して言葉を続けた。

「そのヘルパーさんて小町、安西小町っていう人ですか」

「野路、お前ええー」

いきなり落合の両手が、野路の首を絞めつけ、なにが事件に関わることはないだぁー、と叫ぶ。振りほどこうと暴れているとき、ようやく出勤してきたらしい沼の姿が見えた。片手を振って呼び止める。

「沼、で、電源コードを多めに持ってきてくれ」

「はあ。いいですよ」

野路にしがみつく落合を不思議そうに見ながら、沼は背を向けた。

捜査会議の様子は気になったが、教養係の主任である野路が用もないのに顔を出せる場所ではない。落合は、野路から聞きたいことを聞き尽くすと、途端に子どもを諭す親目線で、大人しくしとけよといって背を向けた。あの様子ではなにを訊いても答えてくれないだろう。

明るく真面目そうな安西小町が担当している老女が殺害された。

単なる偶然なのだろうが、気になった。一一〇番通報は午前七時ごろで第一発見者からのものらしいと、当直員だった警務係長が教えてくれた。通信指令室から機捜と津賀署に指示が飛び、パトカーが出動した。係長はすぐに署長や刑事課長に連絡を入れ、所轄刑事らを招集したというのだから間違いないだろう。

ホームヘルパーというのは、そんな時間から仕事をするのだろうか。特別な事情があればそういうケースもあるのかもしれないが、それにしても七時とは早い気がする。

一課と津賀署の刑事は、会議が終われば地取りや鑑取りに動く。当然、第一発見者である小町もその対象となる。野路は三階の様子が気になりつつも、いつもの業務をこなしてゆく。

昼少し前、いち段落したのを見て、友枝宅を訪ねることにした。

自転車で行くが、真っすぐ向かわずに少し道を変えて老女宅の前を通る。当然ながら、規制のテープが張られ、近くの交番の巡査が立哨《りっしょう》していた。敬礼をしてくるのに頷いて応え、すぐ前で自転車を停める。奥を窺いながら、「一課は?」と訊いた。

「少し前までいましたけど、今は誰もいません」

「そうなのか。強盗の線らしいな」

「はあ」とまだ勤務二年目の巡査は微かに首を揺らす。

「ここ、受け持ちだったんだろう? 家族構成はどうなっているの」

「それが、四年前に巡回連絡に行ったっきりで、最近の様子はわからないみたいです」

そう報告すると一課が目を怒らせ、役に立たないなとまでいわれたと、子どものように唇を歪《ゆが》めた。自分がここの交番に配置になったのは今年からなのに、といい募る。まあまあと宥めながら、「そのころから一人暮らしだったのか」と尋ねた。また、小首を傾《かし》げる。

「いえ、当時の巡連カードでは息子が一名同居となっています」

「そうなのか」

小町は竜内より子は一人暮らしだといっていなかったか。息子は家を出て行ったということなのか。高齢の母親を一人で置いて行くというのはどうかと思うが、人には色々な事情がある。捜査本部は当然、その辺も調べ尽くすだろうが、今は母親が亡くなった知らせをちゃんと聞いたかどうかの方が気にかかる。

「ちなみに息子の名前とかわかる？」

「え。あ、はい」といってメモ帳を胸ポケットから取り出し、広げた。

「竜内ハルオ。スプリングの春にマンの男で春男。当時の年齢が四十歳ですから今は四十四でしょうか。勤め先の記入はありません。母親のより子は今年、八十五歳です」

「他に身寄りとか親戚とかはいないのか。緊急連絡先は？」

「記載はありません。より子さんのご主人は十四年前に亡くなっていますし。大手銀行に勤めていて、支店長だか本店の課長だかまで務めた方だったらしいですね」

「そんなことも巡連カードに記載しているのか」

「いえ。それはうちの主任が少し前に、不審者がうろうろしているとの通報でこの近所で聞き込みをしたとき、そういった話を耳にしたと。そう一課の方に説明しているのを僕が聞いただけですけど」

「ふうん。より子さんはまだら認知症だったらしいが、ご主人が立派な仕事をしていたことはちゃんと覚えていたんだ。それだけ自慢だったわけだ」

「そうらしいです。そのお陰で夫が死んだあともなに不自由ない暮らしをさせてもらっていると、ご近所の方が訊いてもいないのにいってくるから仕方なく、有難いですね、たくさん稼いでいらっしゃったんですねって愛想を」

「おい」思わず声を荒らげた。巡査は驚いたように固まり、すぐにつまらないことをいったと思ったらしく、すみませんと目を伏せる。

「いや、違うんだ。その、より子さんはお金に不自由していないといったんだな。いっちゃあ悪いがこんな古びた家に修理もしないで暮らしているから、てっきり年金暮らしかと思ったが、そうでもないということなのか」

巡査はほっとしたように表情を和《やわ》らげ、首を傾けながら、「どうでしょう。ご近所でもより子さんの認知症が始まっていることは知られていたみたいだから、話半分というか、ただの妄想くらいに思っていたんじゃないですか」

野路は、ふむ、といって平屋の屋根の一部が崩れて瓦が落ちかけているのを見やる。

巡査にご苦労さま、といって、再び自転車を漕ぎ出した。

一分も走らないうちに、友枝宅の玄関前に着く。インターホンを押して、母親に挨拶して二階に上がる。ドアを二度ノックして名乗り、そのまま扉の前の床に胡坐《あぐら》をかいた。

最近は難しい話は止《よ》して、自分の身の回りで起きたことなどを話したりしている。警務課は、職員や署員の全てのデータが集約されているところなので、友枝が知り得ない情報もある。もちろん勝手に話すわけにはいかないので、問題なさそうなことだけ話題にした。

生安課の男性主任が家族で遊園地に行って自分一人だけ迷子になったとか、直轄の隊長の飼い犬の具合が悪くなって病院に連れて行ったら、手錠の鍵を飲み込んでいたことがわかった。無事取り出せて安堵し、そのことを隊員に喋っていたら副署長に聞かれてこってり絞られ、始末書まで書く羽目になったとか。なるだけ深刻な内容は避けていたのだが、少しもドアの向こうに動きがないので、少し変えてみようかと考えた。たった今、現場保存のための立哨をする巡査と話をしたからかもしれない。

「殺人ですか？」

思いがけず友枝から返事があった。なんだ、むしろ仕事関係の方が気になるのか。そう思って野路は話を続けた。

「そうだ。被害者は一人暮らしの老女で、今朝、津賀署に捜査本部が設けられた」

現場の住所をいって、「朝方、サイレンとかうるさかったんじゃないか？」と訊くが、気づかなかったと上ずった声で答える。

「市は違いますが、僕の家のすぐ近くです」

「そうだな」

イヤホンで音楽を聴きながら部屋を片付けていたから、聞こえなかったのかもしれないという。

「朝から掃除していたのか？」

「いけませんか」

「ああ、いや」そういえば、趣味の欄に読書に旅行、それと掃除とあったのを思い出す。引き籠もりが必ずしも汚れた部屋にいるとは限らない。ドラマなどのイメージから、なんとなくカーテンを閉め切った薄暗い部屋に、ゲームの画面だけ明るく灯り、周囲にはカップ麺の空箱やお菓子の袋が散らばっている絵を想像してしまっていた。

そんなことをいうと、「画一的な想像力ですね。公務員にはありがちかもしれないけど、どんな職業も想像力は必要だと思います」と別に気を悪くした風もなく答える。

「うん、そうだな。それは友枝の考え方が正しい。そうか、それなら君の部屋はいつも整理整頓されて居心地《いごこち》がいいわけだ」

「別に居心地がいいわけではないですが、そうなるように努力はしています」

「ふうん。俺の部屋なんか、まあ小さなマンションなんだが、仕事関係のもの以外は、いつもどこにしまっているのかわからなくなるくらい乱雑でね。洗濯物だってちゃんとタンスに入れているし、洗い物だって食べたらすぐに洗うようにしているのに、どうして散らかるのか、さっぱりわからない。探しているうちにどんどん物が広がってゆく」

「決まったところに片付けないからじゃないですか」

「うーん、そうなのかなぁ。ここにしまった筈だと思って引き出しを漁《あさ》るんだが、結局、押し入れの衣装ケースに入っていたりする。物入れが多過ぎるのかもしれない」

「入れる場所を最小限にするのはいいことだと思います。僕の部屋には押し入れはありません」

「え。じゃあ、冬物とかはどこに片付けているんだ」

「タンスとか」

「それですむのか」

「考え方ひとつだと思います」

「考え方か。参考にできるかもしれないから、いつか君の部屋を見せてもらいたいね」

少し間があった。おや？　と思っていると、驚くべき返事が続く。

「入ってみますか」

「いいのか」

「はい。ただ」

「ただ？」

「その、近所で起きた殺人事件のことを教えてもらえますか」

「あ？　ああ、だが、俺は教養係だから大しては知らないぞ」

「構いません」

そういい終わるなり、ドアノブの辺りで鍵が開く音がした。野路はノブを回して、ゆっくりと扉を押し開けた。

5

翌々日の二十二日、見知った顔が署に現れた。

当直明けで、朝早くから駐車場の倉庫で作業をしていた野路は、捜査車両から降りてくる安西小町を見つけて思わず手を止める。

小町はこちらを向くことなく、捜査員に導かれて裏口からなかに入って行った。

いつか見たときのような笑顔はもちろんなく、顔色も悪い。そのくせ日の光は強く、引き結んだ唇といい、まるで戦いに出向くような硬さが見えた。

第一発見者であり、被害者の担当ヘルパーで、しかも早朝に被害者宅を訪ねたという不審な行動も見られる。捜査本部が注目するのも当然かもしれないが、発見してすぐ一一〇番しているし、その際、ちゃんと名乗って、警察がくるのを待っていたことからも犯人の可能性は低いように思える。もちろん、捜査本部が調べ尽くしたなかで、なにか別の根拠が出てきたのかもしれないが。

小町を取り囲む捜査員の表情から、ただの第一発見者だけではないなにかが感じられた。野路は駐車場から、三階の窓を見上げた。

昼休憩のとき、落合が署を出るのを見つけて、すぐに薄手のジャンパーを羽織ってあとを追った。近くの定食屋に入って食事を始めたところで、向かいに座っていいですかと声をかける。落合は嫌そうな顔をしたが、駄目だとはいわなかった。

向かい合わせで食事をしながら話をしたが、なにひとつ情報は得られなかった。

「わしがぺらぺら喋るとでも思っていたのか?」

野路は首を振り、両肩でため息を吐く。諦めて、食事をする落合のためにお茶を湯呑に注いで席を立った。

「俺の分です」といって千円札を置く。落合はそれを見て、拍子抜けした顔をする。

「なんだ、嫌にあっさり引くじゃないか。気になるんじゃないのか」

立ったまま、落合に目を向けた。

「気になりますけど、落合主任がそう簡単に教えてくれないことはわかっていますから」

昨日今日の付き合いじゃないですしね、と笑みを作る。落合は箸を浮かしたまま、ふうん、といい、「例のヘルパーがそんなに気になるか」と尋ねた。

「ええ、まあ。なんというのか、いい人だなと第一印象で思ったものですから。そんな女性がごつい捜査員らに囲まれていると思うと、気の毒な気がしたんです。それだけです」

「お前、ああいうのがタイプなのか」

まあ顔もスタイルも悪くないしなぁ、という。

「落合主任、それはセクハラですよ」

「わかってるよ。仕方ねえな。ちょっと耳を貸せ」

野路は体を屈ませ、座っている落合に身を寄せた。

「安西小町が、朝早く被害者宅を訪問したのは、前の日、より子が少し具合が悪そうだったのが気になったからといった。家族が学校に行く前に、ちょっと見てこようと自転車で走ったそうだ」

自宅は、竜内宅まで自転車なら十分ほどで行ける公団住宅の三階らしい。

野路は体を起こすと落合を見つめ、「学校？」と口にした。なんとなく独身かと思い込んでいたのだが、結婚して子どもがいたのか。そんな思いが表情に出たらしく、落合が愉快そうに口元を弛《ゆる》める。むっとした顔をすると余計に笑う。

「安心しろ。彼女は独身だ。家族ってのは姪《めい》っ子のことだ。姉さんの娘と一緒に暮らしている。公団に二人暮らしだ」

「姪と?」

「うん。高校生らしいが、一年ほど前、その子の両親が事故死して小町が引き取った。まだ三十代なのになぁ」

へえ。安易に感心することではないが、それでも自分と同い年の独身女性が突然、高校生の保護者となって面倒をみなくてはならないというのは、想像以上に大変なことではないだろうか。

竜内より子を家まで連れて行く道々、野路は安西小町と話をした。老女の歩みに合わせてだから、およそ三十分近くはかかっただろうか。主にヘルパーの仕事や老女の体調などに終始し、個人的な話題は持ち出さなかったが、今の仕事に真面目に取り組んでいる様子は十分見て取れた。認知症に限らず、頭のしっかりしている人でも、ときに驚くようなことをいったりしたりするのだと、さして困った風でもなく笑った。介護職の給与は厳しいものだと聞いているが、そんな大きな女の子を抱えた暮らしをしているようには感じられなかった。

「だがな野路」

「はい？」

落合の目が沈んでいる。軽々しい雰囲気が消えて、声が硬い。

「わしは勧めないな。まだそれほどのめり込んでいないのなら、やめておけ」

「どういう意味ですか」

「今はまっとうかもしれないが、彼女にも過去はある」

「過去？」野路は胸をどきりとさせる。ベテラン刑事が、よせというのだ。思わず、前が？と口にしていた。落合は怒った目でしばらく野路を見、小さく首を左右に揺らした。そして、もう行けという風に箸を大きく振る。野路は頭を下げて店をあとにした。

安西小町には前科ではないにしても、なにかしらの前歴があるのだ。

法に則った処分や罰を受けた過去があることを特別視し、今でもなにかしそうだ、しているのではないかと疑うのは、偏見といっていい。だが、刑事はそれも本人の一部だとみなし、あらゆる言動がいずれそこへと繋がり、再び、同じ形で発露するのではと懼《おそ》れる。だから、警察官がそういった前科前歴を持つ者と親しくなったり、ましてや結婚したりすることには良い顔をしない。

小町の過去がどういうものかは、捜査本部の人間でない限り、簡単には知れない。気になるのは、それが捜査刑事が注目するほどのものかどうかだ。

野路は自分の胸の奥がざわめくのを感じた。竜内より子に寄り添ったときの穏やかな小町の表情、そして捜査員に囲まれながらも臆《おく》することなく顎《あご》を上げて歩く小町の姿が、重ならずに微妙にずれてゆく。

もう自分はこの事件に関わらない方がいいのかもしれない。落合のいう通り、今のうちなら心が波立つことなく距離を取ることができるだろう。そう心に決め、仕事に集中する。落合の言葉を反芻《はんすう》することなく、午後からも友枝を訪れることにした。

一昨日、昨日と部屋に入れてもらえた。さて今日はどうかなと、ドアを叩いてみるとすんなり開く。

近所で起きた殺人事件の続きが聞きたいかららしいが、野路にしてみれば、噂《うわさ》好きの野次馬を相手にしているようで気が進まない。だが、せっかく対面まで漕ぎつけたのだし、このチャンスをふいにしたくもない。これも業務と割り切る。あとはこの先、どうやってこの部屋から引っ張り出し、職場に戻せるかだが、それはまだ思案中だ。

6

警務課教養係の野路が、捜査本部に出入りするのは限られる。せいぜい必要な機材や資料を届けるときくらいで、作業しながらホワイトボードに書かれているのを目にしたり、捜査員が話したりしているのを小耳に挟むのが精いっぱいだ。落合はもちろん忙しくしていて、声をかけるのははばかられる。

そんなだから事件のことで友枝に話してきかせるネタもすぐ尽きた。さてどうしようかと愚痴《ぐち》気味に自席で呟いていたら、道端が自分で聞き込んできたらいいじゃないかという。奥の課長席を窺いながら、どういう意味ですと野路は声を潜めて尋ねた。

「お前は警務課なんだからさ」とにんまりと口角を上げる。

少し考えて、なるほどと頷いた。

警務課は所轄の全職員の個人データを把握し、県警本部からの指示を職員に伝達したり、職務を遂行《すいこう》するのに必要な手続きや段取りをつけたりする、いわゆる管理部門のトップ部署だ。

だから津賀署の人間で野路を知らない者はいないし、声をかけられて無視する職員もいない。一般会社の総務部みたいなものといっていいだろう。営業や企画とは違って目立つことのない裏方仕事だが、なくてはならない要だ。

もちろん本部の人間には通用しないが、自分の所轄の者にならなにを尋ねても問題ないだろうし、拒まれることもないだろうというのだ。

朝礼後、駐車場に四十代のぽっちゃりした体軀《たいく》の地域課主任を見つけて声をかけた。野路の顔を見た途端、なにもいわないうちから、健診だよね、いやそのうちと思ってて、と弁解を始める。それで、この主任が署の健康診断で引っかかり、要精密検査と診断されていたことを思い出した。詳しいことは知らされていないが、要精密検査以上の者はすみやかに医療機関で検査を受け、その診断書を持って産業医と面談する決まりだ。先生から警務課を通じて本人にその旨は何度も伝えている。

主任がしきりに申し訳なさそうにするのを、時間を見つけてそのうちにお願いしますと笑って答え、事件のことを口にした。なぜ野路が気にするのか不思議そうな表情を見せたが、津賀署にくる前にも凶悪な事件に関わったことを知るからか、それとも健診の引け目があるからか面倒がらず話をしてくれる。

不審者の件で、近所に聞き込みをかけたときに色んな噂話を仕入れたという交番員だ。その主任自身、竜内より子のことは知っていたが、巡回連絡などはできていなかった。そのことを今になって悔やむ。

「一人暮らしだと知っていれば要チェック家庭に入れていたんだが。古い巡連カードを鵜《う》呑《の》みにしてしまった。責任問題だよな」

勤務態度も真面目で、上司の評価も高い主任は目の色を暗くしてそういった。

そして事件後、遅まきながらと周辺の家の何軒かに巡回連絡をかけたそうだ。その際、生前の竜内より子の夫を知る人から聞いたことだといって、詳しく教えてくれた。

より子の夫は大手銀行の支店長をしていて、いわゆる仕事人間。遊びも賭け事もしない、無駄遣いもしない、始末屋といえば聞こえがいいがケチといってもいいほどだった。加えて疑り深い性格だったらしく、自身が勤めているくせに、銀行は信用できないと常日頃嘯《うそぶ》いていた。そんな竜内夫妻は、古くて使いがっての悪い家をリフォームするでもなく、少々の雨漏りも気にせず、質素な暮らしを続けた。庭の手入れも自分達でしたという。

「だったらご主人の退職金やこれまでの蓄えが結構あったんじゃないですか」

「いや、それがさ」

そうでもないようだと、主任は首を傾げる。竜内家を受け持つ交番員として捜査本部から色々訊かれているなか、竜内より子が夫の遺族年金だけで生活していたことを知ったという。

「まあ、遺族年金だけでも十分だったろうけどね」

妙な気がしたが、なにか事情があるのかもしれない。とにかく、そんな父親だからか息子の春男とは折り合いが悪かったらしい。勤めているあいだは滅多に顔を合わせることなくやり過ごせたが、定年になって家にいるようになると、頻々《ひんぴん》と親子喧嘩の声が聞こえたと、近隣では誰もが知る話だった。

「そのうちご主人も歳を重ねて体力が衰えた。息子と喧嘩する元気もなくなったんだろうな。わりと平穏な日が続いたらしい。そんな矢先にご主人は病気で呆気《あっけ》なく亡くなった」

それからより子と春男の二人暮らしが続いた。

その春男だが、三か月ほど前に亡くなっていたという。

「え、死んでいたんですか?」

「ああ」と主任は頷く。「葬儀は家族葬で、近所の者は誰も行かなかったが、あとで焼香だけあげに行ったという人がいたよ」

その人から聞いたところ、事故だったらしい。亡くなったときは実家を出て、他所《よそ》で一人暮らしをしていたが、どんな仕事をしていたのかは、近所の者はおろか、より子すら知らない様子だったという。

「知らないことが多いですね。そんなものですか」

「そんなものだろう。最近は、自治会や町内会なんか入らないって人も増えているしね。巡回連絡だって、なんでそんなこと教えなくちゃいけないんですかって断られる」

主任は顔では笑っているが、交番員としてはやりにくくて仕方がないようだ。そのうち、友枝がいうように交番自体もなくなるかもしれない。そんなことをいうと主任は、「交番員を続けられないなら職を変えようかな。子どものときから交番のお巡りさんになるのが夢だったからさ」といった。

野路は、お疲れ様でしたといって頭を下げ、真面目な交番員を見送った。

そんな話を聞き込んだ二十六日は、梅雨どきのほぼ中間地点にさしかかる。

平日は比較的晴天が多く、週末ごとに激しい雨が降りしきる。ただ、晴れたときは真夏のような陽射しが鉄骨造りの庁舎を攻め立てるから、雨の方が有難かった。各部署も蒸し風呂のような暑さに音を上げ、早々にクーラーを点《つ》けて凌《しの》ごうとするが、設定温度は二十八度だ。野路は折を見てチェックして回る。そのたび、嫌そうな顔をされるが文句をいう者はいない。

午後の仕事を片付けてから友枝の家を訪ねようとしたが、課長から用事をいいつけられて遅くなった。どうしようかと迷っていると道端が、「直帰していいぞ」といってくれたので厚意に甘えることにする。

私服に着替えて通勤に使っているバイクに跨った。生ぬるい風が纏《まと》いつき、スピードを上げたくなったが、夕方の通勤ラッシュが始まっているのか車の量は割とある。制限速度で走り抜け、友枝宅の前でバイクを停めた。家のなかは各部屋冷房が効いているらしく、玄関を入っただけで汗が嘘のように引いてゆく。

二階の部屋に入るなり、友枝の母親がアイスコーヒーを用意してくれる。テーブルの上に置きながらちらちら息子の顔を見、野路へ小さく笑いかけて出て行った。

野路が部屋に入ることに成功したと知ってからは、打って変わって愛想がいい。これまで対応していた警官とは違うようだと大いに期待を持ち始めたのだろう。ただ、こちらとしてはまだこれからという気があるから、ひとまず用もないのに顔を出すことはしないでくれ、飲み物を出したあとは部屋にこないで欲しいと念を押している。

友枝の部屋は、家の大きさからすれば当然かと思える広さだった。野路の暮らすマンションのリビングの二倍強はあるだろうか。ベランダに面した側はガラス戸で、通り側には胸高の窓がある。壁になっている方にはセミダブルのベッドが置かれ、木目調のデスクに本棚、テレビの前には黒のリクライニングチェアとサイドテーブル。床には毛足の短いモスグリーンのカーペットが敷かれ、同じ色のカーテンがかかっている。確かに、整理整頓されて綺麗だった。

野路は最初、床で胡坐をかこうとしたが、それだとベッドの端に座る友枝を見上げる形になるので、許しを得てリクライニングチェアに座らせてもらう。合皮ではなく、本革のような肌ざわりだ。落ち着かない感じだが我慢する。

野路はさっそく、今朝手に入れたばかりの話を聞かせる。

「亡くなったご主人が残した預貯金で暮らしていたんじゃなかったんですか」

友枝が意外だという風に目を開くのを見て、話を続けた。

「預貯金のたぐいはほとんどなかったらしい。息子がいたそうだから、もしかするとなにか金がかかるような問題があったのかもしれない」

「借金があったとか？」

「さすがにそこまではわからない」

「そうですか」

「ともかく、より子さんはご主人の遺族年金だけで暮らしていたそうだ。まあ、住むところはあるから、一人暮らしなら十分だったんじゃないか」

友枝はそんな話を興味深そうに聞いた。そして自分用のコップに入ったミルク入りのアイスコーヒーをストローで飲む。

野路は、喉が渇いていたので一気に飲み干し、なくなると氷を齧《かじ》り始めた。

友枝蒼は背が高く、筋肉どころか脂肪さえついていないのではと思うほど細い。学校を卒業したとき、既にそんな体型だったから太れない体質なのかもしれない。さぞかし学校の教練では苦労しただろうと思ったものだ。

地域課に入って交番員として務め、多少、色黒にはなったが、今はまた元の白さに戻っている。目は大きく、鼻筋は通っていて唇は小さい。女性の多くはイケメンだというのではないか。

「息子さんが亡くなったんで、惚け始めたんでしょうか」

「え。さあ、それはわからない。ヘルパーが入ったのは三年前からだそうだし」

「そうですか。広い家に一人きりで話し相手もいないなら、惚けて当然かもしれないですね」

嫌ないい方だと思ったが、説教はマズイと思いとどまる。友枝は、カーテンを半分ほど開けた窓を見やる。

「普通に考えれば両親が先に死に、僕も、このままならこの家で一人ですね。親が残してくれるものがあれば暮らしには困らないかもしれないけど」

なんだ、自分に引き寄せて考えていたのかと思って、少し呆《あき》れる。

「いくらなんでもそんな先のことを考える必要はないだろう。そうなりたくないのなら、今からでも」といって言葉を切った。頑張れ、というのはこういった場合、禁句らしい。

「頑張れっていうんですか。頑張っても失敗はしますよね」

自ら口にして、大きな目を野路に向けてきた。「善《よ》かれと思ってしたことでも、悪く取られて嫌われることもあるし」と続けていう。

「嫌われる？　それは職場の同僚のことか」

友枝はふつりと黙り込む。視線をコップに落として氷が溶けて薄くなったミルクコーヒーをストローでかき回した。その細い手を見ながら、「他人の気持ちなんて実際のところ、わかりようがないだろう。うまく噛《か》み合わないこともあるし、誤解されることもある。それは誰にだって起きることだ」と野路はいってみた。

だけどそれで怯《ひる》んでいては人間関係は結べない。忖度《そんたく》したり、思いやったり、誠実な態度で接することで信頼を積み上げる。そうすれば、多少の行き違いも誤解も簡単に解消できるようになる、とそう言葉を続けたが、頭のどこかで説得力がないなと思っている。そんな冷めた自分がいた。

友枝は、野路の思い惑うような様子に気づいたらしい。不審そうな目を向けて、「白バイの仲間とは信頼し合っていたんですよね」と訊く。

「え」と思わず反応した。友枝も警察組織にいるから、野路の過去も多少は聞いているだろう。元白バイ隊員で、事故を起こして内勤に回った。そのとき、運転していた後輩が死んでいる。

「――信頼か。どうだろうな。少なくとも俺はそう思っていたが、今となってみれば勘違いだったような気もする。実際、俺は後輩の苦しみも焦《あせ》りも気づいていなかった。気づけないほどに、俺は自分のことに必死だった。信じている振りをして、周囲に対しては驕《おご》った態度で接していたのかもしれない」

県警の英雄とまで呼ばれて有頂天になっていた。

友枝は、黙ったまま黒々とした目で野路を見つめ続ける。そんな顔を見ているうちに、なぜか自分の方が追い詰められている気がしてきた。

野路が今も背負い続けているのは、口にするのも辛いことだが、この、少しも心を開こうとしない、いや理解できそうにもない若い巡査のためには、覚悟を決めて話さねばならないのだろうか。こちらの苦しみを打ち明ければ、友枝も自身の苦しみを語ってくれるのだろうか。それではまるで――。

「別に話していただかなくて結構です」

うん？　と眉根を寄せて見つめ返す。

「野路主任の辛い思い出話を聞かされたからといって、僕の気持ちが慰められるわけではないです。そんな不幸比べみたいなことをしたところで、なにも生産されないと思います」

「そ、そうか」

図《はか》らずも同じ考えであったことに少し戸惑《とまど》う。不幸は人それぞれだと誰かがいっていた。友枝にもそれは理解できているらしい。単に自分の辛い話を聞いてもらいたいわけではないようだ。

「事件のこともこれ以上は知らないから、そろそろ失礼しよう」

椅子から立ち上がると、友枝の目が掬《すく》い上げてくる。

「白バイのときはどんな感じだったんですか」

「え。白バイ？」

「はい」といってまたストローを回し始める。

「友枝は白バイ希望なのか？」

友枝の身上票には普通自動車の免許しかなかったことを思い出す。

「いいえ、そういうわけではありませんが。どんな部署なのか興味はあります」

「刑事事件に興味があるように？」

「ええ、まあ」

野路は再び、椅子に尻を下ろした。

7

思いがけず遅くなった。

白バイ時代の話を始めると、なにが面白かったのか熱心に耳を傾け始めた。赴任してまだ二月《ふたつき》ちょっとの友枝にとっては、特別な部署に見えるのだろう。事件のことよりはいいかと、交通違反者への対応や訓練のことなどをあれこれ喋っているうち、いつの間にか窓の外が暗くなっていた。

遅くなったことを母親に詫《わ》びて、友枝の家を辞去する。玄関先で振り返り、いずれ一度は父親と話してみた方がいいなと考えた。

ヘルメットを被り、バイクに跨ってエンジンをかけたところで、バイザー越しに二階の窓を見上げた。半分開いたカーテンのあいだから、友枝がこちらを見下ろす顔があった。軽く手を挙げ、アクセルを回す。

真っすぐ大通りへ出ずに市の境界の道を渡って、竜内家へ向かった。通りには街灯だけが灯り、人の姿はない。辺りは暗く静かで、家々の窓は明るく団らんが窺えるのに、外には人の気配が全く感じられない。

そんななか、黄色の規制テープが風に揺れているのが見えた。門扉の前で停まって、バイザーを上げてなかを窺う。立哨の警官の姿はなく、鉄製の門に鍵がかけられていた。なかには入れないだろうが、覗いてみようとバイクから降りて、ヘルメットを脱ぐ。そのとき、視界の端に人の姿が見え、さっと目を向けるとはっと動きを止めるのがわかった。街灯の下にいたので、すぐに誰かわかった。

安西小町だ。

以前見たときのようなポロシャツではなく、白い半袖のTシャツにジーンズ、そしてキャップを被っている。短いくせ毛の髪が気ままに跳ねているのと、化粧っけがない顔のせいで、ずい分若く見えた。

野路がわからないらしく、緊張したまま動こうとしないのを見て、名乗った。すぐに、ああ、という安堵した表情で、「この前の巡査部長さん」という。

野路は竜内の家に目を向けながら、「竜内さん、亡くなられて残念です。一度しかお目にかかっていないが、元気そうな方だった」といった。

小町はキャップを脱いで両肩を落とすと、庇部分をいじりながら目を伏せる。

「ええ、ホントに。わたし、ショックで。まさかこんなことになるなんて、今もまだ信じられないんです」

「でしょうね。おまけに一番に発見したのだから余計だ」

小町はなにも答えず、俯いたままだから表情も見えない。そんな小町に視線を当てながら、「ところで、どうしてこんなところに？」と尋ねた。小町の両肩が微かに動き、また緊張で全身が固くなったように見えた。そしてふいに顔を上げると、野路の十センチ下から怒ったような目つきを投げた。

「いたらいけませんか」

「そんなことはいっていない。こんな時間になんの用できたのですかと訊いているだけです。俺は刑事でもないし」

小町は手首の時計に目をやり、「七時過ぎって、こんなというほど遅い時間じゃないと思いますけど」と妙に突っかかるいい方をする。

「でも、あなたの自宅とは反対の方向だ。わざわざ竜内さんの家を訪ねてこられたのでしょう？」

小町の顔が歪む。「わたしの家をご存じなんですね。そりゃそうですよね、刑事でなくても同じ警察官ですものね。だから、同じようにわたしを疑いの目で見る」

「疑われるようなことをしていないのなら、そんな目はしない」

「わたしはなにもしていないわ。それなのに――」

なるほど、と胸の内で頷く。刑事に色々、いわれたのだ。第一発見者だが、妙な時間に竜内宅を訪ねていたから不審を抱かれた。それに小町の前歴が加わった。恐らく、今以上に反抗的な態度を見せたのではないか。余計に捜査員の疑いを招くことになった。一課の取り調べがどのようなものかは知らないが、あの落合が豹変《ひょうへん》するのは何度も見ている。声を荒らげたり、乱暴な態度で接したり、そんな調べは今どきないが、それでもベテランの刑事らに質問攻めにあったのだから、さぞかしキツかっただろう。野路は、そんなことは知らない振りをして話を続ける。

「嫌な思いをさせたのだったら、同じ警察官として謝る」と頭を振った。小町は、僅かに体を引いたようだった。

「それで改めて訊きたいんだが、どうしてここに？　なにかこの家に用事があるのなら、俺の方から許可を取ることもできるけど？」

小町はまだ睨みつけていたが、さっきほどの強さはない。更に、仕事で使うものとかを置き忘れているのかなと、答えやすいように振ってみた。小町は短い逡巡《しゅんじゅん》ののち、吊り上がっていた目を和らげる。

「いえ、大したことじゃないんです。ただ、ちょっと気になって」

「気になる？　なにが？」

そのとき、小町の脚にぴったりとフィットしたジーンズからスマホの音が聞こえてきた。さっと後ろのポケットから取り出すと、画面を見て眉根を軽く寄せて応答した。

「え。なに？　どうしたの。どこにいるの、今、どこ？」

耳に密着させているが、大きな音らしく漏れ聞こえる。人の声に被さるように踏切の警報音だろう、馴染みのある甲高い音が続く。そのため、小町も声を張り上げた。

「すぐ行くから。待ってて、あ、ちょっと、あれ？　ゆず葉《は》？　もしもし？　もしもし？」

小町がスマホを胸元に引き寄せ、慌てて操作し始める。GPSを入れているらしく、画面を必死でスクロールする。位置が確認できたのか、踵《きびす》を返そうとするのを呼び止めた。

「急ぐのか。俺のバイクなら早い」

小町ははっと野路の顔を見つめる。不安そうな目だ。野路はすぐにバイクに跨り、もうひとつのヘルメットを取り出し、放り投げた。小町は受け取ると、すぐにキャップをジーンズのポケットに突っ込み、ヘルメットを被ってストラップを留めた。エンジンを噴かすと、素早く後部座席に跨り、野路のジャケットを強く握る。

小町からスマホの位置情報を見せてもらい、ギアを入れた。

「しっかり摑まっていろ」

ひと声怒鳴《どな》って走り出した。


踏切が通りの先に見える。電車はなく、車と人がまばらに行き交っていた。

バイクを停めるなり小町が飛び降り、ヘルメットを脱ぎながら踏切の方へ駆け出す。大きな声で叫んでは、足を止めて人の顔を睨みつける仕草をするから、みな怪訝《けげん》そうに距離を取って行き過ぎた。

野路はバイクの側でそんな様子を眺めながら周囲を見渡した。繁華街ではないが、それなりに店舗もあり、人通りもある。位置情報ではこの踏切の近くで間違いないようだが、こんな場所で若い女性が襲われていたら、騒ぎになっている筈だ。通りから外れた場所か、車に乗せられたか。

居酒屋とカフェのあいだの細い路地を覗く。少し先に派手なネオンが見え、ラブホテルだとしれる。別の路地には看板も掛けていない狭い立ち飲み屋に雀荘《じゃんそう》、カラオケ店がある。野路はホテルのある路地に向かった。

ピンクのタイルを貼った壁が入り口を塞ぐようにあって、横から回ってなかに入る。すぐに部屋の案内板があり、隣に小さな窓口がある。今どき、対面でやり取りすることは少ないが、防犯のためにここは設置しているらしい。

閉じられた窓を叩くと、すぐにカーテンが開けられ中年の女性の顔が覗いた。窓越しになんですか、鍵が出ませんか、と訊いてくる。

「少し前に、若い女性と男がこなかったか」

「はあ?」と途端に、不安そうな表情を浮かべる。右手がすっと動くのを見て、慌てて、

「違う、警察だ。今さっき、女子高生が男に連れ込まれたという情報が入った」といった。

「警察? バッジ見せてください」

野路はジャケットの内ポケットから取り出してかざした。普段は、本署に置いているものだが、今日は友枝の家に行って直帰だったから念のためと所持していた。ホテルの女性は、首を傾けながら、「若い女と男なんて、そんなの普通だから」と不服そうに答える。

「今さっきだ。もめていたと思うが」

さあ、と気のない返事をする。防犯のためだろう、入り口付近にカメラがあったから、小窓の向こう側でチェックしていた筈だ。

「知らないのなら、部屋を確認する」

そんなこと令状もないのにできる筈ないが、女性は困った顔をした。ちらりと後ろを振り返るが、すぐに視線を戻してため息を吐く。上司だか、同僚だかは席を外しているらしい。相談する相手もおらず、思案顔をしたあと、「入ってはこなかったけど、表でなんかもめている様子はあった」という。カメラ越しで見た感じは、子どものように若い女だった気がする。その手のカップルは珍しくないが、面倒が起きやすいこともあって、入ってきたら嫌だなと思ったらしい。

「どっちに行った?」

「たぶん、路地の先の方」

野路は礼をいってホテルを飛び出し、走り出す。路地の角まできて左右を見渡すと、踏切の警報音が聞こえた。それに混じって、金属質の音が響いた。すぐになにも聞こえなくなったが、素早く音の方へと回る。線路に出る手前の右側に、更に細い道が現れた。覗くと街灯の灯りが届かず、薄暗いなかになにかが蠢《うごめ》く気配がした。踏み込みながら声を張る。

「警察だっ。そこでなにをしている」

途端に、大きな影が飛び上がり、路地の向こうへと走り出した。

「おいっ、待てっ」

駆け出そうとすると、いきなり足首を摑まれてたたらを踏む。狭い路地だったので壁に手を突いて堪《こら》え、視線を地面に這《は》わせると、ゴミ箱と看板のあいだから白い手が見えた。

「大丈夫か」

看板が邪魔になって起き上がれなくなっていたようだ。横にどけて手を摑んで引きずり出し、細い腰を抱えるようにして立たせる。長い髪が揺れ、花のような香りがした。「ゆず葉か」と訊くと、びくんと体が揺れた。

「怪我は？」

答えないが、どこかを痛《いた》めている感じはない。灯りのある通りまで出ると、ゆず葉っ、と叫びながら小町が駆け寄ってくるのが見えた。

表通りにあるカフェの側の短い階段に座らせ、もう一度、「大丈夫か」と尋ねる。青白い顔をしてはいるが、しっかり頷いた。小町が飛びつくようにしてゆず葉の肩を揺さぶる。

「ゆず葉、ゆず葉、大丈夫なの？　怪我は？　なにがあったの？　誰かになにかされた？」

そんな小町を見ることもせず、うるさそうに払うのを見て、野路は落ち着くようにいう。

小町は顔を真っ赤にして、唇を嚙んだ。走り回ったからか、汗みずくになり肩で息をしている。興奮している小町の代わりに訊いた。

「パパ活か」

ゆず葉は短いスカートごと膝を抱え、顔を強張《こわば》らせて野路を睨むが、怒りよりも怯《おび》えが見える。

「警察って本当？」

そっちが心配か、と呆れながらも、「本当だが、叔母《おば》さんの知り合いだから、話によっては目を瞑らないでもない」といってやると、ちょっと顔色を戻す。

聞けば、やはりパパ活で、デートをする対価としてもらう料金でもめたということだ。男がホテルのなかで金の相談をしようと連れ込もうとしたので抵抗し、脅すつもりで叔母さんに連絡したら、すんなり諦めた。やれやれと安心していたら、今度は力ずくで襲ってきたという。さっきの路地に逃げ込んだが捕まり、押し倒された。大きな男で逃れられないと思い、金をくれたら大人しくすると交渉を始めた。そうかそれならと油断したところを、近くにあった看板を倒して反撃。怯んだ隙に逃げようとしたがうまくいかず捕まった。そんなところに野路が現れて、ぎりぎりで難を逃れたというわけだ。

背中に小町の抑えきれない気配を感じ、ここは保護者として当然だろうと野路は身を引いた。すかさず小町が飛びかかり、ゆず葉の顔を思い切り張る。一発で十分だと思い、暴れる小町の腕を摑んで引き離すが、怒りは治まらないようだ。

「あんた、なにを考えているのっ。パ、パパ活なんて、バカなことして。パパ活なんて、あんたいったい、どういうつもり？　こんな真似して、怪我でもしたらどうすんの。無事ですんだからいいようなものの、こんなことであんたになんかあったら、なんかあったら――」

小町が青筋を立てて唇を震わせるのを、ゆず葉は黙って睨み上げる。うんざりしてきたので、静かにしないと二人とも本署に連れて行くことになるぞと脅して黙らせ、通りを離れた。

タクシーを捕まえて乗せようとしたが、ゆず葉が嫌がった。どうせ説教されるし、下手をすれば車内で殴られると思ったのだろう。野路がバイクだと知ると、後ろに乗せてと甘えてきた。小町が目を吊り上げるのを見て、素早く「わかった」と答え、小町が持っているヘルメットを取り上げて渡した。小町には、ちゃんと家に連れて行くからと納得させて送り出す。

「しっかり摑まっていろ」と今夜二度目のセリフを口にした。

バイクの後部座席に女性を乗せるのは久しくなかった。前任署で知り合った女性を乗せたのが最後で、当分、ここに誰かを乗せて走ることはないと思っていたが、僅かのあいだで二人も乗せている。不思議な感じがして思わず口元が弛んだ。

ゆず葉は短いスカートから白い脚を見せながら、野路の背を握る。

「大丈夫？　ちゃんと運転してよ。事故って顔に怪我なんてご免だからね」と生意気をいう。つい、「安心しろ。俺は元白バイ隊員で、全国一の腕前と称されたこともある」と答えた。

「へえ、白バイ？　かっけー」

十六歳相手になんの見栄だと思いながらも、なぜか夜の街を疾走するのを久し振りに楽しく思う。


公団住宅の前で、小町が待っていた。

「遅かったじゃない」と険のある声を出す。

野路は逃げ出そうとするゆず葉の肩を摑み、「悪い。気持ちいいからもっと走れといわれて、少し遠回りした」と答える。ゆず葉を前へ押し出すと、小町はいい過ぎたと思ったのか、小さく頭を下げた。野路を見る目が柔和な色に変わっている気がした。

「ありがとう。ゆず葉を助けてくれて」

少し前まであった距離感が消えている。

「警察だからね」と答えつつ、笑みがこぼれそうになるのを抑え、強い口調でいう。「おい、月岡《つきおか》ゆず葉」

なによという目で振り返る。

「今回は大目に見るが、次、こんな真似をしたらうちの少年係を行かせるからな」とじっと睨みつけた。さすがにバツの悪そうな表情で、素直に頷く。

「それじゃ」とバイクに跨りかけると、小町に引き止められた。

「今からこの子と晩御飯なんだけど、良かったら一緒にどうかな。その、二人きりだとまた喧嘩しそうで。あ、奥さんが待っているか」と恥ずかしそうに目を伏せた。

「いや、独り者だけど」

「そう。なら、せめてものお礼をさせて」

そういうのは無用だといいかけると、ゆず葉が腕を回してきた。そして強引に引っ張る。「お願い、お願い。そうでないとあたしまた小町に殴られるから」

見ると、先ほどぶたれた方の頬が赤く腫《は》れかけていた。結構な力で張ったらしい。介護という仕事柄、腕力があるのだろう。ゆず葉もそれは知っている。

野路は、頭を掻きながら引かれるのに任せて公団住宅の階段を上った。

入ってすぐダイニングキッチンがあり、その奥にリビングルーム、右にドアの閉じられた部屋が並ぶ。そこがゆず葉の部屋だろう。左手にあるドアの向こうが風呂とトイレなら、小町はリビングで寝ていることになる。

突然、姪と暮らすことになって、それまで一人で十分だった住まいも手狭になった。そんなこともゆず葉には不満であり、引け目なのかもしれないと思う。バイクの後ろに乗せながら、短い会話を交わしたが、その際、遊ぶ金欲しさにしたことではないというから、叔母さんに気を遣っているのかと尋ねたが返事はなかった。

リビングに入ってソファに座るよういわれる。腰を下ろすとチェストの上にある、白い布で覆われた箱が目に入った。遺骨らしく側に一輪挿しの花が供えられている。ひとつだけだからゆず葉の両親のものではない。まさか、と野路が小町の顔を見つめると小さく頷いた。

より子の遺体の引き取り手がなかったので、福祉の人や事業所と相談し、斎場で骨にしたあと、四十九日の納骨まで小町が預かることにしたという。

「そうなのか」

そこまでするのか、という素朴な疑問が湧いたが口にはしなかった。野路は黙ってテーブルに視線を移す。小町は馴れた風に簡単な料理を並べてゆく。

「バイクだからアルコールは駄目ね」とウーロン茶のペットボトルとグラスを渡され、受け取った。

ジャージに着替えたゆず葉が、カーペットの上で胡坐をかいた。お腹がすいていたのだろう、箸を手にするとすぐに唐揚げを口にした。

「冷凍だけどいけるよ」と頬張りながらいうので、「俺もよく食べる。××のが旨い」と箸で摘《つま》む。

「じゃあ、今度はそれにしよう」とゆず葉がゲンキンに笑顔を広げる。小町は複雑な顔をして、野路の向かいに座る。自分がソファを一人占めしているせいかと腰を浮かしかけると、いつもこうやって食べていると二人して笑った。

「笑うと似ているな」とつい口にすると、ゆず葉はぷいと顔を背ける。

そんな様子を横目で見ながら、「叔母さん、死ぬほど心配していたぞ」といってみる。

小町の顔が赤く染まり、目尻が微かに痙攣し始める。泣くのか、と見ていると存外に強い冷めた口調が出てきた。

「一緒に暮らすのが嫌なら出て行ってもいいのよ。でも、あんたが成人するまではわたしが保護者。十八まではあんたがなにかやるたび、わたしが責任を取らされる。それだけはわかっておいて」

「別に引き取ってくれって頼んでない」

「施設に行った方が良かった？」

「その方が今より自由だったかも」

「そんなことできるわけないでしょっ」といきなり小町がキレる。野路は慌ててテーブルの上のグラスや飲み物を手で押さえる。小町が体を伸び上がらせ、「あんたは姉さんの娘なんだから、放っておけるわけないじゃない」と叫ぶ。ゆず葉も負けていない。

「お母さんと仲が悪かったくせに。今ごろ恩に着せたって、みーんなあの世だけどね。残念でした」と今にも舌を出しそうないいようだ。小町が立ち上がり、テーブルを回って摑みかかろうとするのを野路があいだに割り込む。俺がいても喧嘩になるんじゃないかと、うんざりしながらも、落ち着け、落ち着けと繰り返した。

「お宅らの家の事情がどういうものかは知らないが、今はそんな喧嘩している場合じゃないだろう」

ゆず葉はどういう意味？　といい、小町ははっと顔色を変え、唇を嚙んだ。どうせいってはいないとは思っていたが、高校生なら構わないだろうと、惚けた振りをして事件のことを話す。

「え。それって、小町が疑われているってこと？」

ゆず葉が長い髪をかき上げたまま、動きを止めた。

「そんなことはないのよ。たまたま、わたしが最初に発見しただけで、それで事情を訊かれているの」と小町は苦笑いするようにいう。

「このあいだから、様子が変だったのはそのせいなんだ」と、ゆず葉は考え込むように目の動きを止めた。「犯人はまだ捕まっていないってことでしょ。容疑者とかもいないの？」

刑事ドラマを見ているせいか、利いた風な口を利く。

「俺は警官だから捜査のことはなにもいえない。だいたい、部署が違うから知っていることはほとんどない」というと、どこの部署なのと訊かれる。

「警務課といって、会社の総務みたいなところだ」

「白バイなのに、事務仕事ってこと？」

「警察官はあちこちに異動するし、色んな仕事を経験する。事務も大事な仕事だ」

「でも、小町の役には立たなそう」

役に立つというのがどういう意味かはわからないが、「犯人を捕まえることは本職の刑事に任せてくれればいい。だが、疑われたくなければ、妙なことはしない方がいい」と声を低くしていった。

「叔母さんは第一発見者だから、これからも色々、警察に呼ばれることもあるだろう。そんなさなか、姪が援助交際や傷害事件とか起こしたなら、更に色々訊かれることになる」

「あたし傷害なんかしてない」

「今回は、な。だが、看板で殴りつけたら大怪我を負ったかもしれない。どんな拍子に相手を傷つけるかわからない。襲われたから抵抗したという理由はもちろん認められるだろう。だが、それも限度がある」

「限度って、どういうこと」

「あとで叔母さんに教えてもらうといい」

むう、という風に唇をすぼめるが、弱々しい声で呟く。「エンコーなんかしてないもん。まだ体は綺麗だよ」と自分で自分の腕を撫でさする。小町がほっと安堵の表情を浮かべるのが見えた。

「いいか、忠告はしたぞ。聞き入れるか無視するかはゆず葉の自由だ。だが、そのことで人に迷惑をかけることになれば、それに対する責任も負う。まだ十六歳のゆず葉には背負うのは難しいだろうが、別の形でお前自身の人生にずっとついて回ることになるかもしれない。それだけは覚悟しておくように」

視界の端で、小町が身じろぐのが見えた。気づかない風に野路は、「ごちそうさま」と明るく小町に告げ、テーブルの唐揚げをひと口放り込んで背を向けた。公団住宅の階段を下りてヘルメットを被り、キーを差してバイクを起こしたところで気配を感じた。振り返ると、ゆず葉の細い体が棒のように突っ立っている。

「どうした」

「叔母さんは犯人じゃないから」小町が叔母さんになっている。

「うん？　どうした。なにか知っているのか」

首を振るので、「気になることがあるならいった方がいい。叔母さんの仕事のことでなにか聞いたのか」と更に訊く。

何度か呑み込むような仕草をし、「火曜日なんだよね？　事件が起きたの」という。

「そうだ」

その日、朝早く出かけたのは気づいていたか、と尋ねると細い首を弱々しく振った。ゆず葉が学校に行くのは八時過ぎで、その三十分より早く起きることはないという。小町は、ゆず葉が起きる前に戻ろうとしたのだろう。落合がそんなことをいっていた。

「前の晩は関係ないんだよね」

「十九日の月曜日か」

「うん。その日は関係ないんだよね」

死亡推定時刻がいつかは聞いていなかった。月曜日の夜という可能性もあるだろう。野路が黙っていると、ゆず葉は不安を膨らませたのか繰り返す。

「違うよね」

「月曜の夜、叔母さんはどこかに出かけていたのか」

渋々のように頷く。

「出たのは何時で、戻ってきたのは何時ごろだ」

ゆず葉が顔色を変えるのを見て、しまった性急過ぎたかと悔やむ。案の定、ゆず葉は知らないといって駆け出した。

細いジャージ姿が階段の踊り場を回って消えるのを待って、見上げた。三階の窓に灯りがあって、人影が過《よぎ》った気がした。

8

友枝の父親と会う約束をとりつけた。自宅ではなく、駅近くのファミレスでどうかといわれる。

商社勤めで、帰宅時間はだいたい十時を回るらしい。事前に面談を申し込んでいたので、今夜だけは早めに切り上げるといってくれたが、それでも七時は過ぎる。野路は当直明けだったから、一度帰宅してシャワーを浴びて着替え、バイクで出てきた。

息子のいるところでは嫌なのかと思ったが、聞けば妻に聞かれるのが困るという。窓から離れた奥の四人席で向き合って座る。周囲は夕食の客でほぼ八割方埋まっている。ファミリー客も多く、子どもがはしゃいだ声を上げていた。そんな声が気に障るのではと案じたが、父親は存外に楽しそうに目を細めたりするので、おや？　と思う。

「蒼とも何度かきました」

夕食代わりにと頼んだピラフを半分も食べずに、コーヒーを口にしながら微笑んだ。

「そうですか」

「妻も当時は喜んできていたのですが、中学から高校に上がるころには、こういった店を利用しているようではいけないといい出して」

「こういった店？」

「ええ。つまり、その。まあ、リーズナブルになんでも食べられて、中クラスの家庭が利用する店、というのでしょうか。妻にしてみれば、自分達はもうひとつランクが上の暮らしをすべき人種だという驕った考えがあったようです」

「なるほど」人それぞれだ。いいとか悪いとか、野路のような若造が安易に批評できる話題ではない。黙っていると、友枝の父はコーヒーを飲み干して息を吐く。

「わたしの仕事も順調で、それなりに昇進していたから余計にそう思ったのかもしれません。そこに息子が成績優秀で、相当いいところまでいけそうだとわかって更に欲が出たんでしょう。末は大臣か、じゃありませんが、妻はあながち夢ではないと思い始めた」

「奥さんの夢ですか」

「そうです。彼女も以前、仕事を持っていました」

その辺は聞いている。息子の受験のために、会社を辞めた。

「わたしがいうのもなんですが、彼女は優秀で仕事にも熱心に取り組み、とても頑張っていたと思います。ですから結婚して、子どもが生まれてもずっと働く気でいた筈です。順調にキャリアを積んで昇級し、いずれは管理職にと思っていた。だが、そう簡単にはいかなかった。世間では声高に、女性も男性と等しく社会で活躍できるようにと叫んでいても、企業によってその熱量というのか取り組み方は違ってくる。中小などはやはり上層部の考え方ひとつで左右されるところがある。彼女よりも若い人材が登用され、彼女よりも仕事のできない男性が昇進してゆく」

「それが不満で？」

「それだけではありません。納得いかないと上に談判しようとしたのですが、その際、仲間と信じて一緒に頑張ろうとしていた同僚らに裏切られたのがショックだったようです」

「同僚というと、女性の」

「そうです。その同僚の女性三人は、それぞれの上司に万一、リストラされるようなことがあっても、必ず新しい配属先を見つけると約束させたそうです。みな家庭があり、子どももいて将来の安定が欲しかった。今、妻とタッグを組んで女性の地位を向上させたところで、リストラの対象になってしまえば元も子もない。どんな形でもいいから、社員として続けさせてもらおうと考えたのでしょう」

「それで奥さんは」

「最初は憤慨し、なんとか翻意《ほんい》させようと説得しましたが、逆に妻はみなから無視されるようになり、仕事にも差し支えるようになった。結局、全てを諦め、退職しました。そのころ、蒼が受験を迎える時期でもあったので、周囲には息子のためといい繕《つくろ》っていたようですが」

「そうでしたか」

　ふっと泣き笑いのような顔をして、空のカップを覗き込む。ドリンクバーを頼んでいたので、野路は、お代わりを入れてきましょうと席を立った。熱いのを入れて戻ると、父親は小学生くらいの子どものいるファミリー客が店を出てゆくのを目で追っていた。

礼をいってひと口飲むと、穏やかな笑みを浮かべる。

「妻が蒼のことに一生懸命になるのは、そんな自分のことが背景にあるのでしょう。息子はいい迷惑かもしれないが、わたしは悪いことではないと思ったんです」

友枝の母親は、女であるがゆえの理不尽さを身を以《もっ》て知り、上層部の思惑で会社の方針が決まる中小企業に愛想を尽かした。授かったのが息子で良かったといったらしい。

一般の会社でなく、公務員を選択肢に考えるようになったのはそのころだそうだ。成績が優秀なら、国家公務員総合職も難しくない。官僚なら、少なくとも表向きは男女平等で、仕事も昇級も差はなく、同じ立ち位置で、同じ目線で同期と働き続けられる。妻が経験したような辛い思いをする女性の同僚を目にすることもない筈だ。周囲が女性を蔑《ないがし》ろにすれば、本人にその気持ちがなくとも、上司や先輩に同調して、いずれ女性を下に見てしまうかもしれない。

「妻はそんなことを恐れたようです」

自分の息子には、女性の活躍を踏み台にするような真似だけはして欲しくないという思いがあって、それがどんどんエスカレートしていった、と父親は苦笑する。おしぼりを広げて顔をひと拭いすると、目元を赤くして大きく息を吐いた。

「わたしは、そんな妻と蒼の一心不乱な様子を訝《いぶか》しく思いながらも、なにも口出ししなかった。仕事を辞めて時間ができたのだから、息子のために懸命になるのは母親として当然だとすら思った。ですが、最後の最後に、大学の教授も友人もみな楽勝だろうといった公務員試験に落ちてしまった。本人よりも落ち込んでいる妻を目にした蒼の気持ちを思ったとき、わたしは間違っていたのではないかと考え始めました。あれは」とひと口、グラスの水を飲む。「蒼は、傷つきやすく、人間関係に臆病なところのある子です。自分がなにをしたいかを考えるよりも、母親の期待に応えることの方が大事だと思ってしまう」

「ですが、警察官を選んだのは本人の意志では？」

「ええ。正直、驚きました。ある晩、遅く戻ってくるなり、地方公務員の警察官になるといい出したんです。わたしが帰宅するのを待っていたのでしょう。両親揃ったところで、まるで自立宣言のように高らかに告げましたよ」

「なにが彼をそうさせたのでしょう」

父親は小首を傾げ、それからゆっくり左右に振った。「わかりません。ですが、わたしは安堵しました。妻と一緒に蒼までもがこのまま立ち直れずにいるのではと恐れていたので。そんな蒼の突然の変貌の理由がわからず、本意も理解できないまま、そうこうしているうちに話が進んで、気づけば警察学校に入校していました。そのときになって妻は後悔し始めたようです。もう一度、総合職にチャレンジする道もあったのではと考え、今なら間に合うといい出した。そのとき、さすがのわたしも声を荒らげざるを得なかった。蒼が自分で考えて選んだ道なのだから邪魔をするんじゃない、と」

だが、そのことが逆に、今回の出署拒否が起きたことで父親の立場を悪くさせた。妻にしてみれば、あのとき引き止めていれば、こんなことにはならなかったというのだ。お陰で夫婦仲はおかしくなり、家庭での居場所もなくなった。夫は仕事にかまけて息子のことは全て母親任せにする。家には寝に戻るだけの父親ってことか、と野路は憮然《ぶぜん》とした。思わず強い口調でいう。

「しかし、蒼さんももう立派な大人です。いつまでも親に手取り足取り指図されているのもおかしい」

赴任して二月もしないで出勤できなくなった。それは家庭の事情や仕事の悩みというよりは、本人自身の問題のような気がする。少なくとも、友枝蒼は自分で警察官になると決め、六か月間の学校教養を受け、優秀な成績で卒業したのだ。それなりの覚悟も心の準備もしていたということだ。そういうと、父親は拳で目元をこすり、小さく何度も頷いた。

「わたしも、自分の力で解決してくれるものと信じたい。ただ、最も身近にいる者として、あの子の胸の内にある声を聞けないでいることには、歯痒《はがゆ》くも申し訳もなく思います」

そういって頭を下げる。

「こんなことをしても、警察はあれを見捨てたりしないんですね。仕事をしない警察官など、とっくに馘《くび》になるものと思っていました」

「いや、まあ」

むしろ公務員だからこそ、簡単に馘にできないのだという言葉は呑み込む。余程のことがない限り、免職はない。とはいえ署内では、徐々に友枝蒼の復帰はないだろうという諦めムードが漂い始めていた。特に、地域課ではその傾向は強い。交替制の勤務をするのが地域警官だ。そのローテーションに組み込めない者は、存在しないのも同然だし、今は友枝の穴は埋められて、新たなローテーションが組まれている。戻ってきたところで、また組み直すという面倒な仕事が増えるだけだ。

今夜の友枝の父親との面談を聞いた呉本警務課長が、退庁間際の野路に声をかけてきた。

『父親に訊いておけ』

『なんでしょう』

『決まっているだろう。友枝の進退だ。このまま埒《らち》が明かないようなら、そういう方向に親から話を持っていく気はないのかと。できるなら了承の言質《げんち》を取ってこい』

野路は、なんともいわなかった。それこそ本人が決めることだと思ったが、組織はいつ

組織はいつまでも待ってはくれない。警務課長の指示は無体だとは思うが、あながち間違ってはいないだろう。訊いておくべきかと迷いながら口を開いたが、見つめ返してくる父親の目を見たら別のことを訊いていた。

「今日はどうしてわたしと会おうと思ってくださったのですか」

これまでも地域課長をはじめとする友枝の上司、副署長や警務課長も面談を申し込んでいた。だが、応対に出たのは母親ばかりで、父親は忙しいからと断り続けていたのだ。

意外そうに目を開くと、大きな笑顔を見せた。

「だって、蒼があなたを部屋に入れたと聞きましたから。おまけに日が暮れるまで二人で話し込んでいたと、妻がはしゃいだ声で教えてくれたんですよ」

そして空のカップに目を落としながら、ぽつりといった。

「あんな妻の声を久し振りに聞きました」

9

道端が、倉庫の書類箱を整理するのを手伝ってくれといってきた。

野路は、職員の出退勤管理の入力を止めて席を立つ。階段を下りて、地下の倉庫の鍵を開け、灯りを点けた。

道端は奥の棚から段ボール箱を引っ張り出し、なかを点検し始める。目を通しながら、

「野路くんは、例の事件に興味があるの？」と呟くようにいった。そういう話だろうと思っていたので、野路も箱を入れ直したり、テープを張り直したりしながら答える。

「所轄の事件ですから、興味がないことはないです。捜査本部からなにかいってきましたか」

「ちょっとね。例の第一発見者、知り合いなのか？」

そのことか、と胸のうちで息を吐く。安西小町と偶然会って、成り行きから姪のゆず葉を助け、自宅まで立ち入った。恐らく、捜査員が安西宅を張っていたのだろう。野路であることはバイクのナンバーからすぐに知れた筈だ。津賀署の署員だと判明し、どういうことだと警務課に問い合わせがきて、道端が直属の上司として確認することになった。

「すみません」

「別に謝れっていうんじゃないんだ。ただ、どういう関係か訊いておけっていわれてね」

そうでないと一課が直に取り調べるとか脅すもんだからさ、と笑う。野路も追従するように苦笑いを浮かべ、初めて小町と会ったときからのことを道端に説明した。最初の出会いが、道端が振った地域のもめ事のせいとわかると、しきりに頭を掻いて、眉を八の字に垂らした。

「そうか、僕にも責任の一端はあるな。ま、別に特別な関係じゃないんならいい。上にはそういっておくよ。だけど」

道端は念押しの言葉を口にした。

「これ以上、接触しない方がいいと思う」そういって野路に向けていた目を箱に戻し、「捜査本部は、なんかその小町って女性を疑っている感じだったよ」と付け足した。

「朝の妙な時間に訪れたのがいけなかったみたいですね」

「いや、どうもそれだけではないようだ」

「どういうことですか」

さあね、と道端は興味ない風に箱を担ぎ上げると、元の場所の棚に戻す。それを見ながら野路は思案を巡らした。

安西小町には疑われる理由が他にもある。それは捜査員が小町の家を見張っていることからして、有力なものらしい。そんな小町の家に出入りした野路を直接調べようとしなかったのは、道端が止めたのか、もしかすると落合がなにかいってくれたのかもしれない。どちらにせよ、捜査本部に睨まれた以上、情報を聞き出すことは無理だということだ。落合はきっと口も利いてくれないだろう。いや、なにか捜査本部も知らないような情報があれば、もしや。

「おーい、野路くーん」

はっと意識を戻し、倉庫の入り口で手を振っている道端を見た。

「あんまり妙なことしないでよ。君が、前任署、前々任署でなにをしたのかは聞いているけど、ここでは大人しくしていた方がいいと思うなぁ。でも、ま、気になるよなぁ」

道端の顔が弛んでいる。目はきらきらと輝き、これではまるでなにか期待されているようじゃないか。思わず苦笑すると、道端もおかしそうに笑った。

また友枝の部屋を訪ねる。

もう、日課のようになっていて、友枝も友枝の母親もまるで当たり前のように招き入れてくれる。気のせいか段々と顔色も良くなっているようだし、話し方も最初のころに比べればずい分と覇気が出ている。そんな友枝を見ていると、そろそろ本題に入るべきかと考える。いつまでも話し相手を務めているほど、警務課は暇ではない。

野路のそんな気配を感じたのか、今日の友枝は矢継ぎ早に質問を繰り出してくる。

「なぜまた、第一発見者の自宅に行かれたんですか」

成り行きで、道端から小町の件で注意を受けたことを話していた。当然、その前に小町とゆず葉のことも喋っている。友枝が引き籠もっているからつい、情報がこの部屋から漏れ出ることはないと錯覚してしまっているのかもしれない。自戒せねばと唇を嚙む。

「それはまあ、たまたま」といって、ひとまず返事は濁《にご》した。

「なにか調べようと考えられたわけですか。やはり、その女性が怪しいと？」

「違う。俺は警務課だ、捜査する立場じゃない」

「でも、第一発見者だということは、ご存じだったんですよね」

「それは」といって口ごもる。

友枝は、腕を組んで目を細めると、一人前に思案顔をする。その様子を見て、そろそろ署にきてみないかといいかけると、また先に口を開く。

「その女性ってどんな感じの人ですか」

「え。安西小町のことか？　どんな感じって？」

「竜内より子さんは八十五歳のお年寄りですよね。小柄で背も少し曲がっていて、時折、認知症らしい症状も出ていた。凶器は土鍋でしたか。重さはあるけど、女性でも両手で持ち上げることができるし、そのまま振り下ろせば簡単に殺せますよね」

「簡単に殺せるとかいうな」思わず睨みつけると、肩をすくめてすみませんという。

「ヘルパーなら、きっとがっちりした体躯の人でしょうね」

「いい加減にしろ、友枝」

「大柄な人なんですか、その安西小町っていう人は」

野路が怒っているのがわからないのか、いや気づいていて無視しているのか、友枝は視線を逸《そ》らしながらも口だけは動かす。

「たとえば、たとえばですよ。その女性が犯人だとすれば動機はいったいなんなんでしょうか。ホームヘルパーになって三年ですよね。認知症が悪化して、いうことを聞いてくれなくなったとか、反抗的になって暴れたりするようになったからとか」

「友枝」

「ちょっと調べてみたんです」といってノート型のパソコンの画面を開く。手元にはプリントアウトしたA4用紙が何枚もあった。

物忘れや記憶障害、血管性認知症の症例やレビー小体型認知症のことなど色々検索して、ご丁寧に赤線まで入れている。

「部屋が散らかっていたりすると、それだけで人は苛々《いらいら》しますよね。しなくていい怪我をしたり、物を探すのに倍ほど時間がかかったり。片付けても片付けても汚くされる、ましてや相手は聞き分けることのできない認知症を発症している老女であれば」

「ちょっと待て。誰も、竜内さんの家が汚いとか散らかり放題とかいっていない。想像もそこまでいくと質《たち》の悪い妄想だぞ」

「え。だって土鍋が凶器っていわれたから」

「うん？」

「今のこの季節にお鍋ってことはないですよね。まあ、全くないってこともないでしょうけど。でも、凶器が竜内さんの自宅にあった土鍋って聞いたので、てっきりそういう季節の調理道具を出しっぱなしにしている家なんだと思いました。犯人は目につくところにあったから、凶器として土鍋を使ったのだと考えたんですけど。違うんですか」

声には出さなかったが、内心ではうーん、と呻《うめ》いていた。犯行現場を直接見たわけではないからなんともいえない。だが、確か、捜査本部のホワイトボードにあった現場写真をちらりと見た限りでは、散らかっているという印象は持たなかった。友枝の言葉に違和感を抱いたのだから間違いないだろう。

「現場、見てみたいですね」

「そうだな」

はっとして、慌てて首を振る。いや、俺はそんなことをしにここにきているわけではないんだ。

「友枝、わかっているだろうが、こんな話をするのは君が警察官だからだ。一般人が推理ドラマを見ているのとは違う。そこのところは弁《わきま》えてくれ」

はい、と殊勝《しゅしょう》な表情になって頷く。更に、親にもいうなよと念を押すと、顔を合わせることはあっても、話をすることはないといい切る。余程、このあいだの父親との会話を話して聞かせようかと思ったが、友枝がこうなった原因がはっきりしないから、うかつなことはいえない。今は、事件に興味を持つことで、自身の現状から目を逸らそうとしているようにも思える。少なくとも、こんな状態が良くないという認識だけはあると考えていいのかもしれない。

時計を見て、野路は立ち上がった。

「たまには外に出ているのか」

ドアを開けながら訊くと、ベッドの上で胡坐をかいていた友枝が頷くのが見えた。

「主に夜ですけど」

「そうか。昼間は嫌か」

「別に。この辺はあまり子どももいないし、出てもいいですけど。暑いから」

「そうだな。いつか、夕方でもいいからツーリングに行くか。タンデムが嫌でないなら」

顔を上げ、目を瞬かせる。「野路主任のバイクに乗ってってことですか」

「あ、ああ」

思いがけず反応してきたのに逆に戸惑う。男を後ろに乗せるのは気が進まないが、今さら言葉の綾《あや》ともいえない。「気持ちいいぞ」

「はい。お願いします」

うむ、と頷いて背を向けた。

「野路主任、事件のこともう少しわかりませんか。あと、その安西という第一発見者の写真とか手に入らないですか」

大きく深呼吸しなくてはならなかった。ちょっと甘い顔をすると、どうしてこうも簡単に図に乗るのだろう。怒りよりも呆れた気持ちが湧いて、返事もせずに戸を閉めた。

玄関先では、友枝の母親が、またどうぞ、と気楽な声で見送ってくれた。

10

七月に入って暑さは本格的になった。そこに梅雨の湿気が加わるから、署内は不快指数がうなぎ上りに上がる。

野路は沼と共に、巡査部長試験の一次合格者に二次試験についてレクチャーする準備をし、地域の夏祭りで行う防犯に関する出展計画の打ち合わせをする。他にも、柔剣道特練のスケジュール調整、顧問と共に今期の大会出場者などを決めなくてはならない。そんなところに、留置管理課の巡査部長が仕事中に昏倒《こんとう》する騒ぎがあって、検査入院だけですんだものの、勤務に無理があったのではと原因究明に駆り出される。

もちろん、日々のルーティンワークもこなさなければならない。朝礼から始まり、職員の出退勤、休暇チェック、健康管理などなど。その合間にクーラーの設定温度が二十度を切っているのを見つけると、注意して元に戻す。職員はそんな野路を親の仇《かたき》みたいに睨んでくるし、しまいには「捜査本部はいつも十五度みたいだけど」と嫌みをいわれる。

それは確かに不公平だ。だが、捜査が膠着《こうちゃく》状態であるらしいのがわかるから、どうしても厳しくはしづらい。部下の沼に頼もうとすると、嫌ですよ、おっかない顔でどやされるんですから、と断られる。そんなことを自席で話していると、警務課長の呉本が口を挟んできた。

「なにをいっている。刑事だろうが、規則なんだから構うことない。逆らうのならクーラー自体切るぞって脅してやれ。だいたい捜査員は昼は大概外に出ていて、三階にはほとんど人がいないじゃないか。それこそ電気代の無駄だ」という。刑事課長と仲が悪いからそんな酷いことをいうのだろうが、野路にしてみれば、外に出ずっぱりだからこそ、戻ってきたときは凍えるほど冷たい部屋で息を吐きたいだろうと思うのだ。

ともあれ、たまには三階の様子を覗くことにしたが、みな一様に表情が暗い。事件が発生して既に十日余り。落合と顔を合わせることもあるが、疲労の気配しか見えないから声もかけられない。

そんな午後、呉本にいわれて県警本部まで使いに出ることになった。時刻が夕方だったので、そのまま直帰していいと許可をもらう。本部に入るのに警察バッジがいるから、それだけ携行し、バイクで署を出た。

用事はすぐにすんだので、友枝の家に寄ろうかとも思ったが、制服を着た学生が通りかかったのを見て、間もなく夏休みだなと思いながら進路を変えた。

県立高校の門から学生がちらほら出てくる。授業はとっくに終わっているから、なにかの理由で居残っていたのだろう。あまり期待せずにバイクを停めてぼんやり眺めていると、知った顔が現れた。連れはおらず、一人でいるのを確認してホーンを鳴らした。

ゆず葉は、野路と気づくと顔を輝かせて、駆け寄ってきた。制服のスカートはどういう仕組みで下着が見えないのかと思うくらい短い。胸のリボンもほどけているし、シャツのボタンも第二まで外している。このごろの高校生は目のやり場に困ると思い、つい説教をしたくなるが、なんとか堪える。

安西小町と接触するのは禁じられたが、姪のゆず葉はそうではない。そう自分にいい訳しながらも周囲を見渡す。さすがに刑事らしい姿はなかった。

陽のなかで見るゆず葉の顔は、高校生そのもので屈託なく明るい。笑顔のまま、また後ろに乗っけてよというが断った。

「このあいだみたいなことをしていないか見にきただけだ。真っすぐ帰るんだろうな」

むうと子どものように頬を膨らませるが、本気で怒っている風でもない。十六歳の自分がどんなだったか完全に忘れてしまっているが、子どもと大人の狭間というよりはまだ子どもという感覚が強い。構われると反発するが、構ってもらえないと機嫌が悪くなる。ゆず葉にもそんな気配が感じられた。甘えたような声でいう。

「そんなこといわないで、またご飯食べにきてよ。今度はあたしが作るから」

「料理できるのか」

「あ、バカにして。こう見えても、あたし、料理屋の娘よ」

「へえ。家はお店をしていたのか」

うん、といってバイクの車体を指でなぞる。その仕草から、聞いて欲しそうな雰囲気が見えたので、ちょっと踏み込んでみた。

「ご両親は自動車事故だったそうだな」

「うん。去年の夏。カーブを曲がり切れなくて中央分離帯にぶつかった。居眠りしてたんだろうって」

お店は昼のほか、夜も遅くまで営業していた。定休日は週に一日だけで、その休みも夫婦揃っていい食材を探しにあちこち出かけていたとゆず葉はいった。疲れが溜まっていたのだろう。自損事故なら、人身傷害保険にでも入っていなければ保険金は期待できない。

「お店はそのときに？」

「うん。お店のローンがほとんど残っていたから、仕方なかったって小町はいうけど」

生命保険に入るのもあと回しにしていたか。いや、たとえ保険金や遺族年金があったとしても、今後のゆず葉のためには残しておかなくてはいけない。

「手放したのは辛かっただろうな。だが」

「わかってる。あたしが続けられるわけないし。小町だって、レンチンの料理くらいしかできないしさ。でも、あと何年かしたら、あたしだってできたかもしれないじゃん」

ふむ、と腕を組む。それまで維持しておくのは無理だろう。そのことはゆず葉にだってわかっているのだ。わかっているが、どうにもやり切れない、そんな矛盾が、少女の胸のうちには打算や妥協がない分、しぶとく居座る。

「二人の夢だった店なんだもん。やっとの思いで手に入れて、お父さんもお母さんも一生懸命で、凄く頑張ってたから」

そんなこれからというときに、両親は突然、いっぺんに逝ってしまった。ゆず葉にしてみれば、今ある地面がいきなり消えてなくなったも同然だ。たった一人になって、どうしていいのかわからない不安と怖さに襲われただろう。哀しくて、一緒に逝きたかったと煩《はん》悶《もん》しただろう。高校生の娘が経験するにはあまりに過酷で、せめて両親の夢である店の存在でもあればと願ったに違いない。

「叔母さんのしたことを許せないのか」

仕方ないよと首を振る。振りながらも納得していない表情だ。

「お母さんと叔母さんの仲が悪かったようなことといっていたな。そのことで誤解しているんじゃないよな」

まさか、と笑う。嫌っていた姉の持ち物だからさっさと処分したなどという考えは、さすがに貧相か、と反省する。

「お母さんに聞いたことがある。お母さんと小町には父親がいなかったんだって。つまりシングルマザーに育てられたってこと。お祖母《ばあ》ちゃん、大変だったよね、たぶん。そのせいか、わりと早くに亡くなったらしいよ。八つ歳の離れたお母さんが母親代わりに世話をしたのが、小町には窮屈だったみたい、っていっていた。学校のことや友達のことにも口を出したし、遅く遊んで帰ったりしたら物凄く怒ったたって。それで小町も段々、お母さんのことが嫌になって、悪い連中と付き合うようになった。それがまたお母さんには我慢できなかったみたい」

あはっ、と笑う。「今のあたしと小町みたいだね」

そうかと野路は思い至る。そのころに補導されたか、未成年のため保護処分となった前歴があるのだ。ただ、小町にしてみれば、だからこそ自分と同じ轍《てつ》を姪に踏ませたくないという強い気持ちが湧いたのだろう。けれど、口を出せば出すほど嫌っていた姉と同じ真似をすることになる。さぞかし、この姪との暮らしは身悶《みもだ》える日々だろうと気の毒に思った。

「叔母さんも大変だな」

なによ、と睨む。

「仲良くなれとはいわないが、パパ活みたいなことは二度とするな。みんなが傷つくだけだ。叔母さんだけじゃない。ゆず葉、お前が一番傷つくことになる」

返事をせずに視線を地面に落とす。

「お金がいるならバイトすればいいだろう」

目を伏せたまま、「そんな程度のお金じゃないもん。それにバイトしている時間がもったいないって、叔母さんはきっというだろうし」という。小町から叔母さんに変わった。

少し声のトーンを和らげてみる。

「なにに必要なんだ？」

顔を上げ、ちらりと視線を学校の校門へ流す。制服を着た学生がお喋りしながら出てくる。なかには部活なのだろう、ラケットや楽器のようなものを担いでいるのもいた。

「部活はしていないのか」と訊く。

「辞めた。美術部だったけど」

「へえ。絵がうまいのか」

「絵じゃなくて、造形の方」

「ゾウケイ……そうか、凄いな」

言葉尻が弱くなったことでなにもわかっていないと気づかれ、ゆず葉がぷっと噴き出す。

「色んな素材を使って、イメージしたモノを造り出すの。アンディ・ウォーホルやバスキアとかが好き。あと草間彌生《くさまやよい》もいいかな」

「ふうん。面白そうだな、どうして辞めたんだ」

「叔母さんが無理しそうだから」

学校の進路調査の際、軽い気持ちで芸術大学を第一志望にしたことを知った小町が、急に変わったのだという。国公立の芸術系の大学は競争率が異様なほど高い。だから受験生は、芸大に焦点を絞った専門の塾や予備校にいって受験対策をする。狭き門だから高校に入ってすぐに始めても遅いくらいだ。小町なりに色々調べて、なんとかそういう専門の塾に入れてやろうと考えた。だが、塾もそれなりに費用がかかる。

「あたし、そんなのいいっていったんだ」

大学だって行かない、働くっていったけど、叔母さん、いうこと聞かなくてと、大人びた表情でため息を吐く。

「それでパパ活か」

まあね、と舌を出す。小町が無理しようとしているのを知って、それなら自分が稼げばいいのだと考えた。

「だってあたしの塾のことだし」

「そういう問題じゃない。それでは本末転倒だ」

「本末？　どうして」

「可愛い姪のためにと頑張っているのに、その姪が費用を稼ごうとどんどん身を滅ぼしていってはなにもならない」

「身を滅ぼすって大袈裟《おおげさ》だなぁ。ゲームのなかの戦闘みたいなことといって」

「現実はゲームの戦闘よりも、もっと激しいものだ。ゆず葉くらいの年齢の子が、社会から零《こぼ》れ落ちてゆくのを俺は見ている。ちゃんと生きることは、落ちてゆくことより難しく大変だ。楽な道を選べばあとでしっぺ返しを受けるし、過ぎた時間はゲームのように取り戻すことはできない」

しまった、説教臭くなったかと思ったが、もう遅い。友枝やゆず葉を前にすると、つい口はばったいことをいってしまう。説教ができるほど野路は大した経験もしていないし、自慢できる人生も送ってきていない。むしろ、人より多く誹《そし》られ、非難を浴びる点があるくらいだ。どうやら津賀署のような大規模署にきて、主任と呼ばれる立場で部下を持ち、自分よりも若い警官や新人警官を相手にすることになったせいで、偉くなったと錯覚してしまったらしい。姫野署でも運転免許センターでも野路は一番下っ端だった。白バイ時代には若い警官は多くいたが、同じ目的に向かう仲間という存在だった。

ため息を呑み込み、ライダースジャケットのファスナーを握る。

人のためになにかするというのは、これほど難しいものなのかと身に沁みる。これ以上、ゆず葉の相手をしても碌なことにならない気がして引き上げることにした。ファスナーを引き上げたとき、内ポケットに触れるものがあった。それがなにか思い出した途端、ふいに、いや、そうじゃないと熱く胸に迫ってくるものを感じた。

ファスナーを下ろしてポケットに入れていたバッジを取り出し、ゆず葉に広げて見せる。ゆず葉が目を開いて触れようとしたが、いけないと思ったのか慌てて手を引っ込めた。構わない、といって手渡す。

「そこにあるように俺は間違いなく警察官だ。叔母さんをはじめとする県民の税金を給料としてもらって食っている。だから最低でもその分は、ゆず葉や叔母さんや多くの人のために働く。その仕事の一環で、いわずもがなのことを口にしたり、説教したりすることもある。大した人間でもない若造の俺がそんな真似をするのは、ひとえに俺が警察官だからだ。ゆず葉のような人間を守って、平穏な人生を送れるようにするのが仕事だ。そのために努力し、頑張ろうと思っている。だから嫌がられるとわかっていても、どれほど疎ましがられてもいい続ける」

　そうすることに刑事も警務も関係ない。警察官だからだ。だからバッジには、課や係などの部署は書かれておらず、ただ警察官であることだけが示されている。

　そういってゆず葉の手からバッジを取り上げ、二つに畳んでしまった。ジャケットのファスナーを上げながら、「困ったことがあれば頼れ。お巡りさんはあちこちにいる」といってバイクに跨った。

　ゆず葉がアクセルを握る手にしがみつく。

「じゃあ、困ったことがあったときのためにＬＩＮＥ教えてよ」

　いや、それはと口ごもっているあいだに、ゆず葉は鞄からスマホを取り出していた。

11

　久しぶりに落合の顔を見た。

　今日は朝から雨で聞き込みに難儀するせいか、落合は十時を過ぎても署内をうろうろしていた。野路は雨であろうが日照りであろうが忙しさは同じなのだが、落合はそう思っていないらしい。

荷物を抱えて、一階奥にある元食堂だった部屋の前を通りかかると呼ばれたのだ。

津賀署の管内には県内一の繁華街もあるし、署の近くにも商店や大型スーパーがある。食事に困ることがないから、食堂は廃止となっていた。今は空いたスペースを休憩所や会議室代わりに使っている。

そんな部屋の窓際の丸椅子に座って、落合が浮かない顔で頬杖をついていた。

「捜査、はかばかしくないんですか」

荷物をテーブルの上に置いて、向かいに座る。落合は睨みつけてきたが、すぐにしょぼくれたような表情を浮かべた。

「どうにも筋が見えん」

「行きずりの強盗の線は？」

「うーん。広い家だが見るからにボロ家だ。金があると思うか」

「ですが老女の一人暮らしですし、侵入するのにも襲うにも楽でしょう」

「そこまで下調べしていたのなら、近所にもっと目ぼしい家があるのがわかった筈だ。一人暮らしの老人は他にもいる」

遺留物からは？ と訊くと首を振る。指紋もなく、足跡も複数あって、室内に土足で入った形跡がないから特定するのが難しいと口を歪めた。

「カメラは全然?」

「あそこは古い住宅街で防犯カメラのたぐいが少ないんだ。近くのコンビニは当たったが、犯行時刻前後に不審なものはなかった」

「今どきカメラがないのは痛いですね」

「ああ。その分、地域の防犯委員やらが活躍しているらしいがな」

「防犯委員」といって視線を窓に向けた。落合が気づいて、「なんだ」と訊く。

「いや、どっかで防犯委員のこと、口にしたか聞いた気がして」

「ああ、あれだろう。竜内より子が徘徊《はいかい》してるとき住民ともめたってやつ。防犯委員が取りなしたって、お前がいっていた」

「そうでした」道端と親しい、神田という防犯委員だ。

「念のために、より子に恨みを持ってないか聞き込みに行ったよ」

あのとき、いいがかりをつけられて憤《いきどお》っていた男の顔を思い出す。

「高原不二雄《ふじお》な。月曜の夜から火曜にかけては家にいたそうだ」

「犯行時刻はその辺りってことですか」

落合らしくなく、しまった、という顔をした。すぐに諦めたように、うんと頷く。「六月十九日月曜日の午後十一時ごろから翌火曜日の午前一時ごろだ」と教えてくれた。それで、と話を続ける。

「高原は一人住まいだ。少し前に奥さんと子どもが出て行ったとかで、アリバイの証明はできないんだが、竜内より子ともめたそうですねと尋ねても、きょとんとしていた。殺害されたのがそのより子だとは知らなかったようだ。そのときのおばあさんですよっていうと、びっくりしていたな。それで初めて自分が疑われているのかと慌て出したが、わざとらしさはなかった。感触は薄いな」

「そうですか。俺が会ったときは、仕事を探しているみたいなことといってました」

確かに、ちょっといい争った程度で殺意を抱くとは思えない。落合は、ああ、と頷くと鬱陶《うっとう》しげに窓の向こうの雨を眺める。

「高原だが、聞けば気の毒な感じでな。駅の裏手に団地があっただろう。今は、再開発に合わせて取り壊し、建て替えが始まっている」

「ええ」

津賀駅は、管内だけでなく県内でも最多の利用者を誇るターミナル駅だ。駅を中心に商業施設が軒《のき》を連《つら》ね、昼夜関係なく賑わう。ただ、古くから開けていた割には整備が遅れ、鉄道の駅やバス乗り場などは新しくしたが、その周辺の開発は遅れていた。計画はずっと以前からあったが、数年前に市長が替わったことで、ようやく現実に動き出した。

開発工事は三工区に分かれており、合わせるとおよそ八ヘクタール弱になる。そこに店舗、オフィス、ホテルにレジデンスも含めた複合高層タワーができ、広大な公園が生まれ、クリニックや福祉施設などの建物も並ぶ。幹線街路も幅十メートルのものが一〇〇メートルほど延伸、県内一の駅に相応《ふさわ》しい利便性に加え、優れた景観を備えたエリアになろうとしていた。

その一環で、駅の真裏という好立地に永く存在し続けた集合住宅が取り壊され、定住者を確保する目的で高層の美しい居住用建物が建てられる。高さ約四〇メートル、敷地面積およそ四〇〇〇平米、延床面積七六〇〇平米。鉄骨鉄筋コンクリート造り地上十二階建て、戸数一一〇戸の最新設備を備えたものに変わるらしい。その住宅整備だけでも、かかる費用は八億とも十億ともいわれていた。

「そこの団地に住んでいたそうだ。住民は一旦、退去させられて、新しい住宅が建った後は高額の家賃を払って住み続けるか、別の住宅をあてがわれるか、まとまった退去費用をもらうかいずれかを選ぶらしいが、高原って男は別の住まいを選んだ」

新築される集合住宅は、駅前ということもあって見た目は高層マンション風で、家賃もそれなりになるらしい。

「別の住宅っていうのが、例のアパートですか」

以前の住まいは古くても一応、団地だったから、それなりの部屋数はあっただろう。なにより駅のすぐ側だから仕事をするにしても学校に行くにしても便利だ。だが、今のアパートは駅からも離れ、三人が暮らせる広さがあるとも思えない。耐震だって満足にできていないような代物だ。

「騙されたってことでもないだろうが、家賃で折り合いがつかず、勧められるまま決めたら、あんなボロアパートだったというわけだ」

住民との折衝は、公社が委託した不動産業者が担当しているという。

駅裏の団地は、国と地方公共団体によって良好な住まい環境を創るという目的のため、住宅施策のひとつとして設立された法人、住宅環境公社の物件だ。再開発には様々な不動産業者が参入しているが、だからといって公的機関に近い公社が全て不動産屋任せにするような無責任なことをするとは思えない。

「どうだかなぁ。公社のお偉いさんは国交省関係の天下りって話だから、民間業者とは旧《ふる》い付き合いがあるんじゃないの」

団地の建て替えにからんで、なにかしらの癒着があるということか。

落合は、さあね、と気のない風に答える。立《た》ち退《の》きに関する問題はあくまでも民事だから、告訴でもない限り、刑事部が動くことはない。癒着の疑いがあったとしても、それは二課の担当。捜査本部は今、目の前にある殺しの犯人を見つけるのが最優先事項だ。

とはいえ、そんなことは高原には関係ない。団地にいたときと同じ家賃くらいのところでと希望したら、あのアパートしかないといわれ、文句をいうと、もう少し家賃を出すか、まとまった退去費用をもらって出て行くしかないと足下を見られた。腹が立ったのでそれなら出て行かない、このまま居座ってやる、裁判をしてやると抵抗すれば、不動産業者はどうぞご勝手にといって周辺の取り壊しを始めたらしい。

朝昼夜と大きな音を立て続け、柄の悪い作業員が団地の出入口で屯《たむろ》するなど地上げ屋まがいの嫌がらせが始まった。結局、ノイローゼになりかけた妻の訴えで渋々諦め、先のアパートに取りあえず越したということらしい。

「どこかに相談しようとは思わなかったんですか」

「それどころでなくなった。失業したんだそうだ」

最初は裁判してでも争うつもりだったが、弁護士を雇う費用が捻出《ねんしゅつ》できなくなった。

それはまた気の毒にと思うが、他にもそんな風に泣き泣き団地を離れた住民がいるらしい。

「だからあんな年寄りの駄々にも、大人げなく腹を立てたんだろう」

駅前を通るたびに工事の様子を眺める。防音、防塵《ぼうじん》シートには大手不動産会社や建築会社の垂れ幕が掛かっている。実際に関わっているのは下請けや孫請けだろうが、そんな非道な真似をしてただですむものだろうか。いずれどこからか発現し、大きな問題になるのではないか。

「そんな話、どこにでもあるんじゃないか。それこそ氷山の一角ってやつだろう。それら全てに手をつけるのは難しい。うちの二課だって山ほど案件を抱えているし、津賀署だって似たようなもんじゃないのか」

刑事課の二係は知能犯担当。いわゆる詐欺《さぎ》、汚職などだが、津賀署もご多分に漏れず、今は特殊詐欺に手を焼いている。一日に一件は、怪しい電話を受けたとか、ＡＴＭの前で困惑している老人を見つけたとかいう通報が届く。

なんとやるせない話だろう。梅雨の鬱陶しさがそんな気持ちに拍車をかける。だから、落合がなにげなく呟いた言葉にも敏感に反応してしまった。

思わず、なんですか、とつっけんどんに答えると、落合が苦笑いした。

「なにも怒ることないだろう。例の彼女とどうなんだって訊いただけじゃないか」

「だから、どうなんだってどういう意味ですか。捜査本部がうちの係長に文句をいいに行ったのは聞いてます」

「だから怒るなって。わしなりにお前のことを心配しているんじゃないか」

「心配されるような年齢でもないですが」

「お前はすぐ向きになって突っ走るところがある」

「そんなことは。ともかく、あれからは会っていません。だいたい、彼女が疑われること自体がおかしい」

安西小町が未成年のころに犯した過ちにいつまでも固執するのは、偏見だとまでいった。落合は肩をすくめ、「真面目に働いていることはちゃんと裏取りしてるさ。性格も人付き合いも悪くない。むしろ他のヘルパーよりも親切で熱心だという話もある。だが、逆にそのことが裏目に」

「え」

落合がさっと出入口に目を向けた。捜査員が、オチさん、と手招いている。わかった、といって立ち上がるのを思わず腕を摑んで止めた。

「なんですか、裏目って」

落合が眉を吊り上げ、「離せよ、こら。ガキじゃないんだから」という。

「教えてくれないなら、直に訊くまでです」

呆れ顔をしたがすぐに肩を落とすと、身を屈ませて口を寄せてきた。

「安西小町は人が好《よ》過ぎた。より子の年金や介護費用などの金銭管理を頼まれてやっていたらしい」

「え」

落合はぱっと腕を振りほどくと部屋を出て、奥へ駆け出していった。

12

「野路主任、野路主任」

ぼんやりしていたのだろう。友枝が声をかけているのに気づかなかった。訝しそうに見てくるのを知らん顔して、夏のイベントの話をする。

間もなく夏休みに入るため、管内にある小学校や幼稚園で安全教室を行う。交通課が主体だが、警務課からも応援を出す。夏期休暇を取る時期もあって、人員確保のためのスケジュール調整を考えていたが、現状のままだと到底足りないことがわかった。その場合、大抵、体力仕事担当の直轄警察隊に頼むのだが、現場近くの交番の地域課員にも手伝ってもらう。そういうと、地域課でも休暇を取るから調整が難しいと嫌な顔をされた。

「どうだ。昼間だけだが手伝いにきてくれないか」

お願いする形で話を振る。友枝は微かに眉根を寄せた。

「相手は子どもだし、二時間もかからない。お喋りしたり、笑顔を振り撒いたりするのは交通課がするから、黙っていわれたことを手伝ってくれればいい」

沈黙されたが、催促せずに返事を待つ。友枝は目を瞬くと、「少し考えさせてください」と答えた。ほっと胸を撫で下ろす。取りあえずは、拒否されなかったことを喜ぶべきだろう。

話は終わったとばかりに、友枝が顔を明るくさせた。事件のことでなにか進展はないですか、ときた。友枝の言動にも慣れてきたせいか、腹が立つこともなくなった。

落合と話したことなどを聞かせる。

「行きずりの強盗によるものということになりそうですか」

「そうだな」

落合が、捜査員に呼ばれて食堂だった部屋から出ていったあと、捜査本部では慌ただしい動きがあった。すぐに会議がもたれ、落合を含めた捜査員が激しい雨をついて飛び出して行った。なにか新情報が出たのかもしれないが、そのことは友枝にはいわないでおく。

「そうだ、さっき第一発見者の姪の女子高生とＬＩＮＥを繋げたっていいましたよね」

事件に進展がないと思ってか、そんな話題に興味を示してきた。まずかったかなと思ったが、仕方がない。

「安西さんとその姪の写真とかないんですか」

「なんで」

「いや、女子高生ってそういう写真を送りたがるじゃないですか」

「いや違う。なんでそんなに安西小町の写真が見たいんだって訊いている」

「え。それは別に。ただ、第一発見者だし。竜内より子の家がこの近くなら、ひょっとして僕も何度か見かけているかもしれないと思ったんです」

やたらと第一発見者というい方をするのは、犯人の可能性があるという含みがあってのことだろうが、それでも確かに、友枝が彼女を見かけている可能性はあった。見かけていたらどうなんだという話だが、一応、確認してもらうべきだろう。

野路は、ゆず葉から送られてきた写真のなかから二人で写っているのを取り出し、友枝に見せる。スマホを手にして、まじまじと見る。拡大して更に見る。

「うん、確かに見かけたことあります」

「そうか。竜内さんのところに行ったときだろう。事業所からは自転車で訪問するらしいが、歩いて用事をすませる場合もある筈だ」

竜内より子は、時どきおかしな言動はあるものの、身体的には問題がなかった。安西小町は身体介護でなく、生活援助を受け持っているといっていた。生活に必要な家事全般を代わってこなすことだが、そのなかには日用品の買い物なども含まれる。コンビニやスーパーに出かけたりもしただろう。

「そうかもしれません」

そういってスマホを返してくる。画面を戻してポケットにしまうと、いきなり友枝が声を上げた。驚いて目を向けると、両手を頭の上で組んで、宙を見ている。

「どうした」

呼びかけると、ちょっと待ってという風に、掌《てのひら》を野路に向けた。なんだその態度はとむっとしたが、仕方なく黙って待つ。友枝はベッドから離れると壁にあるカレンダーを見、デスクの引き出しから大判のノートを取り出して、目でなにかを追い始める。日記帳か備忘録のようなものか。ページを繰ってまた宙を睨み、しばらく思案したあと、異様な目つきで野路を振り返った。

思わず尻を浮かせる。友枝は目をらんらんと輝かせ、舌で唇を舐《な》めた。額《ひたい》には汗が滲み出ている。そしてカーペットの床に膝を突いて野路が座る椅子ににじり寄ると、大きな声で、「僕、見たかもしれません」と叫ぶ。「いえ、確かに見ました。この女性でした」

「待て待て。落ち着け友枝。いったいなんの話だ。安西小町を見かけていてもおかしくないと、今いったばかりだろう」

たかもしれない」

「そうじゃないんです。昼じゃない、夜です。それも月曜日の夜、いえ火曜日になってい

「なんだと」

野路は思わず立ち上がり、友枝が握るノートを摑みかけるが、さっと引かれた。舌打ちしたあと、ちゃんと順を追って説明しろと怒鳴った。

六月十九日月曜日の深夜。友枝は、自宅から離れたところにあるコンビニに出かけた。どうしてそんな時間かというと、誰にも姿を見られたくなかったからで、両親にも気づかれないようそっと玄関から出た。更に、角を曲がったところにあるコンビニに行かなかったのは、やはり近所の顔見知りに会いたくなかったからだといった。そんな時間に可能性は低いと思ったが、近くに夜勤をしている男性がいるらしい。

「普段利用するコンビニの従業員なら、僕の顔を知っているかもしれないし」

考え過ぎのような気もしたが、あり得ないことでもない。とにかく、友枝は真夜中の防犯カメラもないような道を散歩がてらぶらぶら歩いたらしい。

「どこのコンビニだ」

友枝が地図を出してきて印をつける。

津賀署管内ではない。竜内より子の自宅からも、友枝の自宅からも離れている。

「歩いて十分以上はかかったと思います。そこのコンビニなら誰に会うこともないと思いましたから」

なるほどといいながらも、内心では夜中に歩き回れるなら職場にこいといいたいのを我慢する。

「それで」先を促《うなが》す。

「そこでこの女性を見かけたんです」

「間違いなく安西小町か」

「はい。僕はこう見えて視力はいいし、人の顔を覚えるのは得意なんです」

だから警察官に向いているといいたいのかと思ったが、黙っている。いや、もしかして刑事に憧《あこが》れているのだろうか、という考えがふと過るが振り払った。

「彼女はそんな深夜になにをしていたんだ」

「恐らくですが」と友枝は思案する風に顎を指先で撫でる。「ＡＴＭから離れたばかりのように見えたから、たぶん」

翌日、出署するなり道端に説明し、捜査本部のある三階へと出向いた。

すぐに何人かが裏取りに走り、落合は野路に向かってその友枝に会わせろと怒ったようにいってきた。道端が代わりに、友枝の状況を説明してくれる。落合は納得しなかったが、事件の指揮を執る管理官があいだに入って、その件でどうしても必要になったときは事情聴取させてもらうということで、一旦は納まった。管理官ともなると、事件解決はもちろん大事だが、職員同士でもめて問題を起こされ、そのせいで警官が使い物にならなくなるのは困ると考える。落合にぎりぎり睨まれながらも、野路らは管理官に挨拶をして踵を返す。

そんな話をしているあいだも、野路は抜け目なくホワイトボードに視線を走らせていた。

竜内より子の解剖所見があり、死亡原因、死亡推定時刻が記入されている。自宅周辺における人間関係相関図のようなものもあった。家族として息子の春男（四十四歳）の名があり、今年の三月にR署管内で階段から転落死したとある。

うん？　野路は目を凝らす。春男死亡と書かれた下にクエスチョンマークがある。どういうことだろう。しかもその並びになぜか住宅環境公社の文字があり、「常務理事　丹波《たんば》和範《かずのり》（六十五歳）」とあった。住所が竜内より子の家のすぐ近くだ。

落合が雨の日に飛び出して行ったのは、この件だろうかと考えていると、横から人がきてボードを隠された。追い立てられるようにして講堂を出て、道端と共に階段を下りる。

「なんだか妙な具合になってきたなぁ」と隣で嘆息される。

「すみません。俺がつい友枝に事件の話をしたものだから」

「仕方ないさ。友枝が食いついてくれたからこそ、ここまで信頼関係が結べたわけでもあるし」

「信頼関係って、俺とですか？　そんな風に友枝が思っているようには見えませんけど」

「そうか？　今どきの若いのは大した理由もなく、時間もかけずに信じるじゃないか。SNSの相手なんか、知らない人間とわかっていても手もなく信じて従ったりする。もっとも裏切られたと思うのも早いのだろうが」

繊細なのか鈍いのか、よくわからんよなぁと呑気《のんき》な物言いをするが、案外と誰よりも友枝のことを案じているのは、この道端かもしれないと思った。

その日の午後、安西小町が任意同行された。

たまたま一階の自席にいた野路はその姿を目の当《ま》たりにし、自分が報告した結果だとわかっていても動揺が抑えられない。沼が怪訝そうな顔で、立ち尽くす野路を見ているが動けなかった。

裏口から入って、女性刑事に挟まれるようにしてエレベータに入ってゆく。野路に気づいたかはわからない。小町の表情は強張り、設定温度二十八度にも拘わらず、まるで凍《い》てたかのような白い顔をしていた。

スマホが振動したので画面を見ると、ゆず葉からだった。ＬＩＮＥが入ったことを示す数字もどんどん増えてゆく。野路は、通知をＯＦＦにして席に座り直し、仕事を続けた。

その日は友枝に会うのは避けたかった。だが、小町が任同された以上、友枝にも聴取の申し出があるかもしれない。その心づもりをさせておけと、呉本がいうので、仕方なく腰を上げた。

小町のことを告げると、友枝は大きく目を開き、驚いたことに両手を拳にしてガッツポーズのように揺らした。

小町がコンビニに入ったのは午後十一時半過ぎで、竜内より子の死亡推定時刻にはまる。

「そうですか、では取り調べを受けているんですね。安西小町は自供するでしょうか。するでしょうね、捜査一課のベテラン刑事が尋問するんですから。なんていいましたっけ、ああ、そうだ落合刑事でしたね、きっとその落合主任がやってくれますよね。うわぁ、凄いなぁ」

そういって子どものようにベッドの上から跳ねるようにして立ち上がると、ドアの側にいる野路に向かって興奮したように喋り続ける。

まるで自分が犯人を逮捕したかのような勢いだ。これで事件は解決でしょうか、動機は認知症の老女に対する苛立ちでしょうか、いややはりお金でしょうね、竜内より子のお金を管理しているといいながら着服していたのではないでしょうかと続ける。

「だって、姪の進学のためにお金を欲しがっていたのでしょう？　だいたい、過去にも良くない連中と付き合っていたような女性だから、そういうことに自制心も良心の呵責《かしゃく》も感じないのかもしれない」

「そういうこととはどういうことだ」

舞い上がっている友枝は、野路の表情に気づかない。

「それはあれですよ、事件の夜、老女を殺害して預かっていた銀行のカードからATMで金を下ろしたってことですよ。僕が目撃したのは、正にその瞬間だったわけで、いや待てよ。金を下ろしてから、カードを戻そうとしたところを老女に見つかって殺害したのか、そっちの方が」

野路はかろうじて拳にはしなかった。背の高い友枝の顔を狙うのは難しかったので、平手で胸を強く突いた。友枝は体を揺らして、ふらついた足をベッドに引っかけると、仰向けにどうと倒れ込んだ。

友枝はベッドの上で半身を起こすと、正しく鳩《はと》が豆鉄砲を食らった顔で見つめてきた。野路は顔を歪め、手首を捻《ひね》ったのではないかと、痛みを払うようにぶらぶら振り回す。

「な、なんで」

友枝がショックからか涙目になって訴える。野路は椅子に深く腰を下ろした。

「腹が立ったからだ」

「は、腹が立ったって、どういうことですか」

「お前はいったい何様のつもりだ。俺をなんだと思っている」

質問の意味がわからないらしく、黙ったまま目を泳がせる。

「乱暴したことは謝らない。訴えたければ訴えろ。親でも上司でも誰にでもいえばいい。だが、絶対に謝らないからな」

「そんなことはしません。でも」

「理由が聞きたいか」

うん、と頷く。

「安西小町はまだ犯人と決まったわけじゃない。だが、疑いがあるから一課や所轄刑事は調べている、それは間違いない。警官になってまだ三月《みつき》にもならない友枝には、それがどれほど大変なことなのかわからないだろう。俺にだってよくはわからない。落合主任にしても所轄の顔見知りの刑事らにしても、今の今、この時間も血眼《ちまなこ》になって小町が犯人かどうか、犯人ならその動機はなにか、証拠はないか、犯人でないならなぜ疑われる真似をしたのか、被害者をどう思ってどんな風に接していたのか、あらゆることを調べ尽くそうと懸命に走り回って、手がかりを探しているんだ。たまたま、お前が偶然見かけたことが端緒になって任同された。だがな、それからのことの方が膨大で大変なんだぞ。浮かれて喜ぶのは真の犯人が見つかって逮捕送検されてからにしろ」

第一、まだ任同の段階で犯人呼ばわりはおかしいだろう、と声を低くして付け足した。

友枝は胸に当てていた手を下ろすと、ベッドの上で正座をした。

「野路主任は、安西小町、さんを犯人だとは思っていないんですか」

野路は真っすぐ友枝の目を見つめて答える。

「思っていない」

「どうしてですか。個人的に親しいからですか」

「わからない」

「わからない、って」とさすがに友枝も啞然として、あとの言葉を吞み込む。野路は、そんな友枝の顔を見て笑う。むっとするのを見て、更に笑った。

「友枝、提案なんだが」

「はい？」

「この事件、本気で調べてみないか」

「調べるって？」

「ああ。こんな狭い部屋に籠もって、いや俺の家よりはずっと広いんだが、ともかく聞きかじった情報だけであれこれ推測するのでなく、ちゃんと調査してみないか」

「野路主任と僕とで、ですか？」

「そうだ。わかっていると思うが、俺は警務課の仕事で忙しい。ここにきてから余計に仕事が滞《とどこお》って毎日大変な思いをしている。部下の沼巡査長は少しも手を貸そうとしてくれないしな」

すみません、と友枝は申し訳なさそうな顔をする。まあ、それはいい、とにかくだ、といって野路は身を乗り出す。

「俺は署で仕事をしながら、なんとかして捜査情報を手に入れる。それを元に、友枝が聞き込みをしたり、捜し回ったりするんだ」

「え。僕がですか？　一人でですか？」

「もちろん、時間が取れれば合流するが、昼間は難しいな」

「でも、そんな」

「嫌か。無理だと思うか」

はい、と呟くようにいう。

「どうして無理なんだ。交番員としての務めも果たせないのに、刑事の真似などできる筈ないか。刑事は他の警察官とは違う、誰にでもできるものではないと思っているのか。そんな顔はしていないようだがな」

頭が良くて国家公務員総合職を目指した。警察学校で優秀な成績を修め、卒業式には総代も務めた。最大所轄である津賀署に赴任したのは当然だと思ったが、そこで思わぬことが出来した。それは友枝の心に傷を負わせ、やる気だけでなく周囲を思いやる気持ちも失わせた。

そんな友枝だが、心のどこかではまだ、警察官でいたいと思っているのではないか。ひと月以上出署拒否をしても、辞表を出そうとしない。引き籠もっていても、同期の仕事振りが気になったし、自宅近くで起きた殺人事件に興味が湧く。

「違うか。やり直したいという気持ちが少しでもあるのなら、今がその時機だと俺は思う。この辺で外に出ないと本当に二度と戻れなくなる」

そして、退職届けを書かせるようにと、警務課長から書類を預かっていると、野路は告げた。友枝はぎくりとしたが、当然だと思っていたのだろう、頷くように更に首を垂れる。

制服の胸ポケットから書類を出してテーブルに置いた。

「決めてくれ。これを書くか、俺と協力して調べてみるか」

考える時間はこれまでもたっぷりあっただろう、明日、返事を聞きにくるといって背を向けた。

友枝が呼び止めた。振り返ると、両手を膝の上で組み合わせて、思い詰めたような表情を浮かべている。

それから聞いた友枝の話は、ありていにいえばよくあることだった。


赴任してひと月。

交番に配置となり、指導してくれる上司と共に勤務しながら仕事を覚えてゆく毎日を送っていた。基本、二人一組の配置だが、ときとして一人で留守番をすることもある。一か月も過ぎたころだから、ひと通りの業務はこなせるし、日中なら問題ない。

だが、そんなときに限ってなにかが起きたりする。

友枝の場合は、喧嘩の通報だった。相方の巡査部長に連絡を取ったが、すぐには行けないといわれる。通報者である女性の青い顔を見て、仕方なく一人で出向いた。

交番近くの小さなT字路で、車が二台角で向き合い、運転手らしい男が二人もめていた。通報者はそのうちの一人の連れらしく、事故ですか、の問いに首を振り、因縁《いんねん》をつけられたという。

どうやら直進と左折で道を譲り合うことなく強引に突っ込んだため、動きが取れなくなったらしい。腹を立てた一方の運転手が車を降りて罵《のの》り始め、相手も売り言葉に買い言葉で喧嘩のようになった。

友枝は車がぶつかっていないのを確認し、二人のあいだに入って仲裁を始めた。制服を着た警察官が現れたことで、双方の怒りの熱量はみるみる下がり出す。それを見て友枝は運転手両名に交通ルールを説明した。基本、幅のある方の道が優先だが、同じような幅の道なら左方が優先。だから、あなたが停まって道を譲るべきだと諭した。まだ学校を出たばかりのような若造に説教されて面白くなかっただろうが、規則だといわれれば仕方がない。譲るべきといわれた方の運転手はつまらなそうな顔をして車に戻り始めた。

ところが、友枝が不用意に発したひと言に激しく反応した。女性がいたから、その手前もあって恰好がつかなかったのだろう。

「なんていったんだ」と野路は尋ねた。

友枝は子どものように唇をすぼめると、「かえって時間を潰しちゃったね。ちょっと停まればどうってことないことだったのに。もったいない、って」という。

そうか、と思う。それほど気に障る言葉でもないと野路も思うが、頭に血が上った状態の人間には忌々しく思えたかもしれない。相手はいくつくらいの人だったと訊くと、免許証を確認していたので五十七歳だったと答える。連れの女性は奥さんで、どうやら具合が悪くて病院に向かうところだったらしい。

「物凄く怒り出して。なにが時間を潰しちゃったね、だ。もったいないってなんだって。奥さんが止めるのも聞かなくて、もうすごい剣幕で」

奥さんが呆れて、情けないって泣き出したものだから余計だったろう。いきなり友枝に摑みかかろうとした。すぐに距離を取って、止せと怒鳴った。それ以上暴れると逮捕するぞ、とも叫んだらしい。だが、男は意に介さず、するならしてみろと向かってきた。友枝はその形相を見て慌てふためき、あろうことか拳銃に手を伸ばした。

「見せたら怖がって大人しくなるかと思って」

理由にもならない理由を吐く。そこに巡査部長が駆けつけ、なんとか拳銃を取り出さずにすんだ。ベテランの交番員が説得し、ようやく怒りの矛《ほこ》を収めさせ、車共々現場から追い払うことができた。その後、巡査部長から叱られたという。あんなことで拳銃を使おうとはどういう了見だ、と。

当然のような気もしたが、友枝なりに、『そうでもしなければ自分は殴られ、ヘタをすれば大怪我をしていたかもしれない』という気持ちがあった。殴られるのが怖いから拳銃で脅すのか、お前はどんだけ臆病なんだ、と呆れられた。巡査部長の計らいで上には報告されずにすんだが、仲間うちのお喋りから同期に知られてしまった。繁華街を受け持つ交番に配置になった同期の男性は、当務ごとに酔っ払いを相手にしていたので、喧嘩の仲裁で殴られかけたことも、逆に足払いをかけて制圧したこともあった。顔を合わせたとき、そんな自慢話を聞かされ、学校でお勉強するのと現場での仕事は違うんだからな、と説教じみたことをいわれたらしい。

おまけに拳銃を簡単に抜こうと考えるなぞ、警官としての資質に問題があったりして、と冷笑された。そのことが妙に頭にこびりついて、そのうち熱を出して寝込んでしまった。

寝ているあいだ色々考えたが結論が出ず、回復しても体は重いままで、以前のように動ける気がしなくなった。こんな体調ではまた仕事でしくじってしまうと怖気《おじけ》づき、どうしようと考えているうち、ずるずる部屋に居続けることになった。両親が引き籠もりだといい出し、そうかこのまま部屋に籠もっていれば病気だというい訳になるのかと、思うようになった。

「同期にいわれたことが、そんなにショックだったのか」と野路が訊けば、ゆっくり首を傾けた。

「確かに腹が立ったし、侮辱された気にもなりました。情けなくて恥ずかしい思いもしました。その同期の男は学校で術科はできたけど勉強や法解釈なんかさっぱりだったから、余計に。でも、それよりも資質に問題があるのではないかといわれて、なんだか妙に腑《ふ》に落ちた気がしたんです」

「資質か」

「野路主任、僕は警官に向いていないんでしょうか」

改めて訊かれて野路は思わず、「知るか」と答えていた。傷ついた顔をしたので、面倒だなと思いながらも、「そんなこと今の時点では誰にもわからないだろう」と言葉を足した。

「友枝はどうして警官になろうと思ったんだ。総合職を目指していたんだろう。官僚になりたかったんじゃないのか」

「はあ」

国家公務員は母親がいい出したことで、自分自身の夢ではなかったかもしれないが、一度は目指して頑張っていたのだ。なぜ急に気持ちが変わったのか。

友枝は顔を赤くした。辛抱強く待っていると、ぽつぽつ喋り始める。

「音楽隊？」

思わず声が裏返る。思いもかけない話だった。

総合職の試験に落ちて気持ちが滅入っていた。母親の嘆く姿を見たくなくて、朝からずっとぶらぶら街中を歩き回っていた。将来のことどころか、明日なにをすればいいのかもわからない。そんなとき、県営球場でなにかのイベントを行っているのに気づいた。入ってみると、通路に揃いのコスチュームを身に纏った若い女性の集団が出番を待っている。なんだろうと思っていると、いきなり怒られた。

友枝は知らずに壁に立てかけてあった旗を踏みつけていたらしい。衛兵のような帽子を被った女性が睨む風をしたが、すぐに、大事な物なのと微笑んだ。とても綺麗な人で、友枝と大して年齢が変わらない気がしたが、奉職してもう七年になるといった。青い顔をしていたせいで気遣われ、つい就職試験に落ちたからといったら、その女性はフェンスの向こう正面辺りに座って見ていてという。

いわれるままスタンドに入り、他の観客に混じって演舞を見た。女性らはカラーガード隊というらしい。楽器を持って動き回るドリル演奏のあと、音楽に合わせて女性警官らが旗を振り回しながらフォーメーションを作る演技が始まった。ぼうっと見ていると最後に

Ｖ字の隊形を作ったまま静止し、女性らが旗を降ろしていっせいに敬礼をした。

話しかけてくれた女性はリーダーだったらしく、Ｖ字の要部にいて真っすぐ友枝を捉えると、敬礼をしたまま唇を動かしたのがわかった。

『が・ん・ばっ・て』といっているように見えた。そして美しく力強い笑顔を見せてくれた。

落ち込んでいる人間に頑張ってというのは、かえって良くないという話もある。だけど、そのときの友枝には、まるで冷涼な清水が喉を伝って胃の奥深くまで流れ込んできたように、すんなりと全身に沁み渡ったのだ。それは甘く、すがすがしく、これまでに経験したことのないような感動を呼んだ。シートに座ったまま、しばし茫然としたらしい。

やがて次のイベントのアナウンスがあり、慌てて通路へと飛び出し、先ほどの女性を捜し回った。球場の外に出たところで、警察のものと思われる大型バスが出て行くのが見えた。なかに女性らの姿が見え、あとを追ったが間に合わなかった。どうやったら、あの女性とまた会えるだろうかと考えた。

「まさか、そのために警官になろうと思ったのか」

野路は、呆れを通り越して驚きに目を丸くした。そんな話とは思ってもみなかった。

「いけませんか」という友枝の向きになった顔を見て、慌てて笑いを引っ込め、大丈夫だ、構わない、と意味不明の返事をしていた。

「それは他の人にはいわない方がいいんだろうな」と一応、念を押しておく。まあ、いうつもりもないが。

野路はよろよろと立ち上がると、軽く手を振って背を向けた。

警官になろうと思った動機がそういうことであれば、向いていないかもと後悔が生まれたのも頷ける気がする。それにしても、いや、もう考えるまいと野路は自身にいい聞かせた。

とにかく、これで捜査が始められる、そう思うことにする。

友枝に与えた指示は、ひとまず近所への聞き込みだ。

「どうやってするんですか」というのを無視して、竜内より子の家の周辺をなるだけ目立たないように動けといった。

捜査本部に気づかれたらお叱りだけではすまない。特に、今日の落合の様子を見ていると、野路だけでなく友枝までもが処分を受ける可能性がある。それだけは避けたい。バッジは本署に置いたままだが名刺はある。それを身分証明書代わりにして、無理をしないように当たれとだけ告げた。

13

まずは落合だ。

日曜日、野路は当直だったので一階で待ち伏せる。顔を見るなり、くるりと背中を見せるのを追いかけた。

「うるさいなぁ。お前は大人しく警務の仕事をしていろ」

「情報を渡したじゃないですか」

小町が深夜にコンビニにいたことだが、落合は別に嬉しくもなさそうな顔で、「わしにだけこっそりいえっていっただろう」と妙な拗《す》ね方をする。

「とにかくギブアンドテイクです」

「バカ野郎。そういうのは同じ刑事同士がいうもんだ。お前はだいたい」

ぐずぐずいうのをまた元食堂だった部屋に引っ張り込む。昼の休憩に使う職員も多いが、今日は日曜なので人気《ひとけ》がない。

隅のテーブルに着くと、落合は観念したように、「これが片付いたら、お前の奢《おご》りでこれだぞ」とジョッキを持ち上げる手振りをする。いいですよ、ついでにタクシー代も持ちますというと、やっと苦笑いを見せた。

「安西がいうには、入金していたらしい」

「入金？　誰のですか」

「それが妙な話なんだ」と落合は頭の後ろを掻く。

夜中に竜内より子から電話で呼び出された。ホームヘルパーの個人的な連絡先は伝えず、必ず事業所を通してもらうようになっているが、時間外だと留守電だったり、責任者へ転送されたりする。より子はそれが嫌だというので、小町は自身の携帯番号を教えていた。

月曜日の夜、電話があって自転車で駆けつけると、より子は自宅の台所の床に座り込んでお金を握っていた。

「数えると古い万札や千円札で二十二万三千円あったそうだ。死んだより子の亭主がタンス預金をしていたものらしい」

銀行員だったにも拘わらず、預貯金をすることを嫌っていたと聞いた。長く銀行勤めをしていた男に財産らしいものがないのは妙だった。借金でもあったのか、事故死した息子に金がかかったのか、色々推測されたが結局わからなかった。なるほどそういうことか、と捜査本部も落合も頷き、話を聞いた野路も納得した。

「あの古家に隠していたらしい。より子はなんの気まぐれか、放ったらかしにしていたぬか床をまた使おうと手入れしていて、底に沈んでいるのを見つけた」

金を見た途端、このままにしていてはいけない、物騒だと思ったそうだ。夜中にぬか床をいじること自体、認知症の症状かと思えるが、金が出てきて正気になったのか。とにかく、より子は夫とは考え方が違って、金は銀行に預けるものという認識だけはあったのだ。

「すぐに安西に連絡して、代わりに預けに行ってもらったということだ」

小町もさぞかし困惑しただろう。夜中に呼び出されることは、ホームヘルパーをしているからさして不快にも思わなかっただろうが、金のこととなると話は別だ。

「それでなくてもヘルパーには禁じられている日用品以外の買い物をしたり、金の出し入れなどの管理をしたりしていた。そこに今度は大金だ」

「安西小町はどういっているんですか」

「より子が執拗《しつよう》にいうので仕方なく、少し離れたところのコンビニに出向いたそうだ」

その場所は友枝から聞いている。歩いても十五分くらいはかかるだろう。以前、より子が徘徊してアパートの男ともめた、あの辺りだ。

「そこのコンビニに行けとより子が指示したと、安西はいっているがな」

より子にしてみれば、あの周辺はよく知る場所なのだ。古い友人が生きていたころ、何度も往復したのだろう。

「だとしても、夜中になんだってそんな離れたコンビニへ」

より子が心配したという。近くのコンビニでは誰に見られるかしれない。竜内の家に金があると思われたら悪いやつらに狙われる。特殊詐欺に容易《たやす》く引っかかる人もいれば、極端に防犯意識が高まり、自分以外はみな泥棒に見える人もいる。なんだかどこかで耳にしたような話だなと思いながらも黙って聞いた。

「安西はいわれるまま、そのコンビニのＡＴＭで入金した、といっている」

カメラには確かに小町の映像が残っていたそうだ。

「だが通帳もカードも見当たらない」

「え」

より子の生活費などのための預金通帳はある。だがそこに夫の金を入れた形跡はない。

「より子の夫名義のものだったらしい。とっくに死んでいるから口座は凍結されている筈だが、届けを出していなかったのか、普通に入金できたと、安西はいっている」

「その通帳とカードが見つからないんですね」

そうだ、と落合はいって口を引き結んだ。だから、そんな金の話自体出まかせではないかと疑っているのだ。

夫名義の口座が本当にあるのかどうか、今、銀行に問い合わせていると落合は気のない風にいった。小町は口座番号までは覚えていなかったが、銀行名は記憶にあったのでちゃんと供述したらしい。夫が勤めていた銀行ではなかったため、一応、小町のいう銀行を含め、近辺にある銀行に捜査協力を依頼している。今どきの個人情報関係は厳しくなるばかりで、電話の通話記録を始め、なかなかすんなりとはいかない。少し時間がかかるだろうと、うんざりした口調で落合は頬杖を突く。無駄骨だと思っているらしい。

「ですがATMの前にいたことは間違いないでしょう」

「ああ。もし、金が本当にあったとしてだがな。だがよ、野路、果たして安西は本当により子のために入金したと思うか」

「どういう意味ですか」

「自分の口座に入れたかもしれんだろう」

捜査本部はそれを動機として疑っているのか。小町はちゃんと入金してきたといって、より子を誤魔化そうとした。だが、うまくいかず、騒がれたので近くにあった土鍋でつい殴ってしまった。通帳とカードはそのとき持ち出し、どこかに隠したか既に処分している。そういう絵も描けると落合はいう。

野路はなにもいわず首だけ左右に振った。

捜査本部は、安西小町が金を必要としていることはとっくに調べているだろう。高校生の姪のために、金はいくらでも欲しかった。野路は口を引き結びながら思いを馳《は》せる。

ゆず葉がパパ活をしていることを知った小町は、彼女の頰を思い切りはたいた。相当な力だったから、ぶたれた方だけでなく小町の手も痛かっただろう。それ以上に、小町の顔は激しい苦痛に歪んでいた。姉の娘が道を踏み外そうとしていることへの焦りと哀しみと、それを防がねばならない苦悶と不安。野路と食事をしながらも、小町は何度もゆず葉に視線を走らせていた。余計なことをつい口にして、喧嘩になるのも心配のあまりだ。

小町は確かにゆず葉を大切に思っている。姪のために金を手に入れたいと思う気持ちも理解できる。だからといって犯罪に手を染めるのは違うのではないかと思うが、ベテラン刑事にそんなことをいっても、鼻先であしらわれるだけだろう。

「他に怪しいのはいないんですか」

ふんと横を向く。その顔に、「住宅環境公社はどう関係するんです？」とぶつけてみた。途端に、テーブル越しに胸ぐらを摑まれる。

「いい加減にしろ、野路」落合は歯を剝《む》いて、目を吊り上げる。これまで見たことないほどの怒りようだ。一旦、息を吸うと唾を飛ばしながら吐き出した。

「お前、なんのつもりだ。自分がどういう立場の人間か、ちゃんとわかってんのか、おい。ちょっと事件を解決したからといい気になるんじゃない。これまではたまたまうまくいっただけだ。調子に乗るんじゃないぞ。お前は元白バイのただの事故持ちだってこと忘れるな。大人しく自分の今の仕事を務めるのが、せめてもの恩返しってもんだろうが」

さすがにこのいい方には野路も顔色を変える。確かに、辞職を留保され、恩ある教官や先輩のお陰でなんとか警官として居残ることもできた。そのことでは感謝すべきだろう。その気持ちがあるから、どこへ異動になろうと慣れない仕事をあてがわれようと、素直に受け入れ、真面目に取り組んでいる。そんなことはいちいちいわなくても、落合ならわかってくれていると思っていた。その落合から、事故持ちという言葉を投げられ野路の心は一瞬で凍りつく。

仕事が違えば考え方も違い、やり方も意識の持ち方も変わる。刑事というのは独特だ、と頭ではわかっていても、心のどこかでは同じ警察官だという気持ちはあった。だが、落合の前では自分も友枝も同じなのかもしれないと、そう思うとむなしくなる。忙しいときにすみませんでしたと頭を下げて席を立ち、背を向けた。野路、と呼ばれたが振り返らなかった。

「わしは安西小町が本星《ほんぼし》だと睨んでいる。悪いことはいわん、あの女には構うな」

野路はそのまま食堂だった部屋を出た。

月曜日、当直明けだったので少し早めに退庁する。

私服に着替えて裏口へ回ったとき、道端がまた呉本課長から小言をいわれているのに出くわした。顔を合わせるのはまずいと思い、手前のトイレに入ってやり過ごそうとした。

「防犯委員だかなんだか知らんが適当にあしらっとけといっているだろう」と呉本が吐き捨てるようにいう。

「はあ」

「暇潰しに地域住民のためだといってお節介を焼いているような連中だ。ああいうのは、うちのイベントがあったときだけ手伝ってくださいと頭を下げればいい。それ以外のことに手を貸してやる必要はない。そんな暇があればとっとと自分の仕事を片付けろ」

「うん、まあ」

「だいたい例の地域課員のことはどうなってんだ。ちっとも進まないじゃないか。お前が野路に任せたいというから好きにさせたのに。退職願いはどうなっている」

「そういうのは焦らない方がいいと、僕は思うけどなぁ。だって学校出たばかりの新人がいきなり退職ってのは外聞が悪い。呉本の経歴にも傷がつくんじゃないか」

「こら、呼び捨てにするな。同期でもこっちが上なんだからな」

「ああ、悪い。いや、すみません、課長」

「とにかく、なんでもいいからさっさと書かせろ。警務の仕事は次から次へと増えて山積みなんだ。時間を有効に活用してなんぼだぞ。そんな悠長《ゆうちょう》に仕事をしているから、お前はいつまでたっても警部補なんだ。道草ばっかり食っているからうだつが上がらない。道端じゃなくて道草って名前に変えろ」

あははは、と乾いた道端の笑い声がする。笑うな、とまた呉本が怒鳴る。

「次の試験はいけるのか。いい加減、上にいかないと同期としても恥ずかしいわ」

「勉強は頑張っているよ」と道端が答える。それには呉本はなにも返さず、廊下を遠ざかってゆく足音だけがした。

やれやれと思っているところに、道端がトイレに入ってきた。お互い気まずい顔のまま、「お疲れさまです」「ご苦労さん」といい交わす。

お先に失礼します、といいかけて、ふと気になったことを訊いてみた。

「防犯委員がどうのといわれていましたけど、またあの神田とかいう人ですか」

道端は朝顔の前に立ち、顔だけをこちらに向ける。

「ああ、そうなんだ。なんでも事件が起きてから妙な人間がうろうろするようになったって、住民が噂していっていってきてね」

「妙な人間ですか」

そのなかに友枝が入ることになってはマズイなと考える。

「彼は昔から住んでいる地元の人でね。住民にも信頼されているし、なんとかしてやろうという気持ちが強いんだろう。警察としてはそういう人が地域の見守りをしてくれているのは有難いんだが」

そういって手を洗い始める。野路は、「交番員にいってくれるといいんですが。受け持ちの主任は以前にも不審者のことで聞き取りをしてくれたそうですから、すぐに動いてくれると思います」といってみる。なにも本署にくることはない。

「うん、そうだな。ま、今回のは不審者じゃなかったけど」

「もうわかったんですか」

「ああ。神田さんがお仲間と一緒にあちこち巡回していたとき見つけてね。直に捕まえて問い詰めたらしい」

それこそ交番に頼むべき話ではないか。そう思うが、道端もわかっているから注意はしているだろう。

「保険会社？」

という。

「そうなんだ。なんでも竜内より子の件を知って、調査しにきていたらしい」

より子の自宅周辺だけでなく、スーパーや徘徊した範囲まで広げて聞き込みをしていた
という。

「どういう調査なんです？」

道端は手を拭きながら、声を潜める。

「殺害されたより子の息子が事故死しているのは知っているな」

頷くと、「保険に入っていたらしいんだが、どうやら支払いは保留になっているそうだ」

という。

「え」

「詳しいことはわからないが、その事故が単なる事故ではないと保険会社は疑っていて、それで支払いがストップしていた。そこに受取人であるより子が殺害されたとわかって、これはやはりおかしいということで、調査が始まったみたいだ」

「なんですって」

そうか、と合点する。捜査本部にあった、春男死亡と書かれた下にあったクエスチョンマークはこのことを意味するのか。

「そんな保険会社の調査員が事件のことを訊いて回っていたところを不審者と間違われた

ようだが、恐らく捜査本部にも訊きにきているんじゃないか」と道端は続けた。

保険会社が事件のことを警察署に問い合わせたところで答えてもらえる筈はない。それでも念のためと確認にはくるだろう。なるほど。だから捜査本部は、改めて春男の事故死に疑問を持ち始めた。

「それで春男の支払われる保険額はいくらなんでしょう」

動機になる額だろうか。道端はそんな野路の考えを察したのか、肩をすくめる。

「受取人は母親のより子だし、より子が死ねば他に親族はいないようだから国庫だろう。保険金目当てで殺害するなら、受け取ってからでなけりゃ意味がないよ」

「保留になっていることを知らないで、金があると思った人間がいるとしたら」

「うーん、どうだろうなぁ。少なくとも安西小町は保留のことは知っていた気がするし。逆にご近所は、息子が亡くなっていたことさえ知らなかったんじゃないの」

より子の息子の春男がなにをしていたのかも知らないという話だった。春男の仕事はいったいなんだったのか。保険に入っていたのだから、なにがしかの収入はあったのだ。家族持ちなら保険に入るのはわかるが、独り者だった春男が保険に入っていたということはなにか危ない仕事でもしていたのかもしれない。そのせいで事故死？　いや故意によるものとして捜査本部は考えている？

「そういうの三階なら把握しているだろうがね」

保険の加入時に職業は必須項目だ。保険会社から捜査本部はそれらの情報を入手しただろう。すぐに落合の顔を思い出したが、ため息しか出ない。

「ところで、そっちはどうなんだ？」

友枝のこととわかって、野路は、その件で折り入って話がと、声を潜めた。二人で事件を調べてみるということは、道端だけにはいっておいた方がいいと思ったのだ。先ほど、呉本との会話のなかで、友枝の件を野路に振ったのは道端の考えであったらしいとわかったからだ。道端にも息子がいるせいか、他人事でなく親身に思っている様子が垣間見えていた。道端なら頭ごなしに否定はしない気がした。

とはいえ話を聞き終わると難しい表情で、うーむとひと声呻く。まずかったかと案じたが、すぐに、ま、いっか、と目元を和らげた。

「しかし、ほどほどにしてくれよな。危ない真似だけはしないでよ。なんかあったらいってくれ。これでも一応、警部補だし」

次の試験ではもうひとつ上にいけそうですしね、というと、不思議そうな顔で、「勉強してないんだから通るわけないよ」といった。

14

翌日は定時で退社し、バイクで署の前の道を走っているといきなり目の前に人が飛び出してきた。すぐにハンドルを切ると同時にブレーキをかけたが、慌てたせいで尻を振って車体が倒れそうになる。足を突いてなんとか堪え、ホッとする間もなくヘルメット越しに睨みつけた。

女子高生が、腰に両腕を当てて仁王立ちしている。思わず舌打ちするが、バイクを降りて路肩に停めた。ゆず葉が走り寄ってきて、腕を揺さぶる。

「なんで電話に出ないのよ。ＬＩＮＥに既読もつかないなんてサイテーだし」

「忙しいんだ。それに、お前の用事はだいたいわかっている」

「わかっているなら」

「わかっているから出ない。それがどういう意味か、十六にもなればわかるだろう。わからないなら、学校行ってちゃんと勉強しろ」

「クソ野路、バカっ」

「なんだとぉ」

腕を振り上げてぶつ振りをすると、子どものように逃げる。前に回ってバイクのタイヤを蹴りながら、「とにかく小町を助けてよ」と口をすぼめた。

野路はヘルメットを脱ぎ、小さく息を吐く。

「無実なら問題ない。気にするな」

「バカじゃないの、野路。そういうことといってんじゃないのよ。あんたこそもう一度学校に行き直したら」

野路は腕を伸ばしてゆず葉を摑もうとしたが、すばしっこく逃げられる。

「小町が犯人じゃないのはわかってんの。それよか、ヘルパーの仕事辞めさせられるみたいだから困っているんじゃない」

「ああ」

その可能性はあった。竜内より子の生活援助を担当するホームヘルパーが、本来すべき業務内容から逸脱した行為をしたのだ。事業所としてもこのまま捨て置くわけにはいかないだろう。厳重注意くらいですめばいいがと案じてはいたが、どうやら難しいらしい。

「他の仕事を探すにしても、今のとこみたいな条件のってないんだって。おまけに毎日のように警察から呼び出し食うから時間が取れないし。あたしの塾のことはいいっていってんのに、諦めてないみたいだし。あれもこれもで叔母さん、凄く落ち込んでる。なんとかしてよ、野路さんといえ」

ゆず葉を睨むと、先ほどまでの生意気さは消えて、目が潤《うる》んでいるようにも見えた。気づかない振りをして、「叔母さんは、そんなに落ち込んでいるのか」と訊く。うん、と頷く姿が頼りなげだ。野路は小さく息を吐いて、ヘルメットを被る。警察官がすべき仕事ではないし、それ以前に今や参考人以上の容疑で落合らに目をつけられている小町とは接触できない。そんな言葉が浮かんだが、バイザーを上げてゆず葉を見つめたら、別のことをいっていた。

「今日、叔母さんは？」

「ハローワークに行くっていってたけど」

時計を見るまでもなくもう終業している時刻だ。

「叔母さんには一度、声をかけてみることにする。お前は真っすぐ帰って勉強しろ」

ぐいと拳で目元を拭うと、勉強なんかどうでもいい、と嘯く。

「駄目だ。芸大も国公立なら授業料が安くてすむんだろう。それくらいは協力しろ」

そういってバイザーを下ろす。女子高生は目を伏せて黙り込んだ。

進路希望で芸大を第一希望にした。全く可能性がなければ教師から指摘があったのではないか。それがなく、小町がやる気を見せたということは、ゆず葉の学力はある程度のレベルに達しているということだ。受験までまだ時間があるといっても、油断はしない方がいい。

なんとか帰途につかせ、野路は津賀市のハローワークの場所を検索した。駅前にあるもののほかに支所があって、そっちの方が小町の自宅に近いとわかって向かう。

小さなビルの五階にハローワークがあったが灯りは消えていた。とっくに戻っているだろうと思いながらも、そのまま通りを走り、周辺をゆっくり見て回る。郵便局の先に樹々が見え、建物のない空間が現れた。公園らしい。

陽は落ちて街灯が点《とも》る。出入口に停めて奥を窺うと、遊具のひとつに人影が見えた。歩道にバイクを置いて、ヘルメットを取るとなかに入る。

象の形をした滑り台があって、その下の方で小町が膝がしらを抱えて座り込んでいた。側には白い紙が散らばっている。拾ってみると求人票だ。小町がはっと顔を上げ、野路とわかると慌てて落ちている紙を拾い集める。

「どうしてここに？」

「さっきゆず葉が俺のバイクに突進してきて、叔母さんをなんとかしろって喚《わめ》いた」

「な」とあんぐり口を開けるが、すぐに泣き笑いの顔になって額を撫でる。「あの子ったら」

　拾った求人票を返しながら、「今の事業所は辞めなくてはいけないんだって？」と訊いた。力なく俯くのを見て、野路は滑り台の砂場を囲む縁に腰を下ろす。

「ヘルパーの仕事なら、いくらでもあるのかと思っていたが」

「あるのはあるけど。今の事業所のような条件のところはね。家から近くて、お給料も良かったから」

「そうか、悪いな。警察はあれこれ個人情報を暴くばかりで、そのせいで本人がどうなるかまでは考えない」

「ほんとそう。でも」

　より子さんへのお世話が、ヘルパーとしては間違っていたわけだから仕方ないところもあるんだけどと、薄く笑う。

「強引に頼まれたんだろう」

「ええ。最初は断ったんだけど。息子さんが亡くなって、酷く気落ちされたものだからつい」

「息子とは面識が？」

「春男さん？　もちろんあるわ。定期的に面談しなくちゃいけないし」

「問題がある息子だったのか?」

「え、どういうこと? より子さんとは口喧嘩みたいなことはしていたみたいだけど、仲は悪くなかったと思う。少なくともヘルパーのわたしには、いつもお世話になっていますって、丁寧に応対してくれていたし」

「仲は悪くなかったのか。でも、年寄りを置いて家を出ている」

「うん。それはどうしてかなと思ったけど、なんか仕事の関係みたいなことを聞いた気がする。用があればすぐに駆けつけるからとはいってたし、より子さん自身、身体的には問題なかったから」

「仕事? 春男の仕事って?」

返事がなく、小町がじっとこちらを睨んでいた。

「これって取り調べ?」口調に怒りが滲む。しまった、また余計なことをと思ったが、もう遅い。小町がすっくと立ち上がって、その場を離れようとするのを慌てて追いすがり、肩に手を置いた。

「すまない。そんなつもりじゃなかった」

手を振り払うように体を勢い良く回して向き合うと、尖《とが》った目を投げてきた。

「結局、お巡りってみんな同じよね。わたしのこと容疑者としてしか見ていない」

「だから謝っている。気になったんでつい」

「そうでしょうね。わたしが犯人だという証拠でも見つければお手柄ですもんね」

「そんなものないだろう」

「わかんないわよ。なにせ嘘ついていたんだから」

「ＡＴＭのことか？」

　ほうら、と目尻を痙攣させながら腕を組む。「知っているんだ。そして、疑っている」

「黙っていたのはまずかったな」

　小町はかっと肩を怒らせ、唾を飛ばした。

「いえるわけないじゃない。そんなの業務外のことなんだから。事業所にバレたら馘になる」そういって口を一旦閉じると、「結局、そうなったけど」と沈んだ声で呟いた。

「刑事は疑いがある限りは徹底的に調べる。疑いとは、嘘をついたり、普段と違う行動を取ったり、問題を抱えている者に対しては特に強く抱きやすい」

　みんなわたしに当てはまる、という小町の表情は怒りから哀しみへと変わってゆく。

「嘘ついたし、真夜中に出かけた。お金にも困っているし、高校生の問題児を抱えてもいるしね」

「殺したのか？」

「え」小町の顔がみるみる赤くなる。怒鳴りつけてくるかと思ったが、大きな目から涙を溢れさせた。

「なによ、なによ。わたし、そんなに悪いことした？　なんでそんな風に疑われなきゃならないの。そりゃ、高校生のころは悪い連中とも付き合っていたけど、今みたいにパパ活やエンコーなんかしてない。万引きした子と一緒に逃げただけだし。そのことで姉さんに泣かれても素直に謝れなくてずっと険悪だったけど、姉さん夫婦が死ぬなんて思ってもみなかったんだもの、仕方ないじゃないっ」

だから面倒みてくれたお礼もいえなくて、あのとき酷いことといったのを謝ることもできなくて、わたしは、わたしはずっとずっと、どうしていいかわからなくて。残された姪を姉から託されたと思って、一生懸命世話しようと思ったけど、それもうまくいかなくて。あの子の顔を見ていると腹立つばっかりで、どうしてわかってくれないのと思うけど、自分だってあの子と同じくらいのとき偉そうなことといえないことしていたし。だけどあの子がやりたいっていうことだけは絶対、叶えてあげたいと思って。だけどだけど、こんなわたしじゃなんにもしてあげられない。

両手で顔を覆《おお》うと子どものように立ったまま泣き始めた。大きな声だったものだから、公園を横切ろうとした会社員がぎょっと振り返るのが見えた。野路は側に行って、震える細い肩を摑んだ。崩れるようにして体ごと倒れかかってくる。それを胸で受け止め、赤ちゃんをあやすように優しく髪や背中をぽんぽんと叩く。

だんだん胸の奥が熱くなり、感情が高まってくるのを意識する。首を傾け、小町の髪に顔を埋めたくなった。なんとか制御する。くっと喉を鳴らしながら気持ちを抑え、ちらちらと周囲を見渡した。捜査本部の人間が小町を張っている可能性は高い。野路と抱き合っているだけでも舌打ちものだろうし、そのままホテルに行こうものなら、明日の自席には退職願いの用紙がこれみよがしに置かれているだろう。

友枝より先に辞めるわけにはいかないと我慢して、小町のむせび泣きが収まるのを待って体を離した。

小町は両手で目尻を拭い、ごめんなさい、と囁くようにいう。

「いや、いい」

落ちた小町の荷物を拾って手渡す。

「ありがとう」

「送って行きたいが、たぶん、これ以上一緒にいると俺もどやされる」

「え」といって顔色を変える。意味がわかったようで、どうしよう、と周辺をきょろきょろと見回した。

「いい。気にするな、俺もしたくてしたことだし」

今度はすぐに意味に気づいたようで、顔を赤くして俯く。

「姪っ子が心配しながら待っている。彼女のためにも無理はしない方がいい」

「うん」

そういって野路はバイクの方へと体を向けた。小町は反対の出入口へと歩きかけたが、すぐに戻ってきて野路の顔を見上げた。

「なにか訊きたいことがあるならいって。わたしは竜内より子さんを殺していない。野路さんが信じてくれるならなんでも答えるわ」

小町は初めて会ったときと同じ、大きな笑みを浮かべた。それを目にした野路は安堵するように頷き、それならと訊いてみた。

竜内より子の息子、春男はどんな人物で、どんな仕事をしていたのか。

春男の保険金のことは知っていたのか。

より子の夫名義の銀行のカードを預かったのは、あの夜が初めてなのか。

より子の自宅付近で、おかしなものや人は見なかったか。

より子の家は普段から散らかっているのか。

矢継ぎ早に尋ねた質問に、小町はじっくり考え、瞬きを止めて記憶を探った。

「春男さんは確かに、ちょっとやさぐれた感じの人ではあったわ。公務員のように定時で終わる仕事ではなかったみたい」

面談の日時を入れてもよくキャンセルがあったという。一度、忙しいのかと訊いたら、相手次第だからといって人を尾行するようなことをいっていた。

「尾行？　なんだろう。調査会社か探偵か」

「保険金のことは知っているわ。より子さんから保険会社の人と話をするから横にいてといわれた。本当はいけないんだけど、隣の部屋で控えていたの。年配のちょっと怖い感じの男性だったけど、少し調査したいのですぐには支払えないって話だった」

「理由はいった？」

「ううん。春男さんは階段から落ちて、頭の打ちどころが悪くて亡くなったんだけど、なんの調査が必要なのかは、いわなかったと思う」

少なくとも小町は、より子の家に保険金がないことは知っていたことになる。

「あとカードのことね」

より子の夫名義のカードを預かったのは、あの夜が初めてではなかったといった。「以前にもご主人が隠していたお金が出てきたからって、預けに行ったことがあるの。昼間だったから銀行のATMを使ったけど」

「ずい分、変わった人だったんだな、より子さんのご主人は」

お金を隠したにしても、どこに隠しているのか妻のより子か息子にでも話しておかなくては意味がない。ゴミと間違えて捨てられるという話もあるくらいだ。

「教える前にご主人、亡くなられてしまったんじゃないかな」

疑り深い人間だったというから、最初から誰にも教える気はなかったのかもしれない。それにしても十四年も前に亡くなっているのに、今になってもまだそのとき隠したお金が出てくるとは呆れた話だ。余程うまく隠していたのか、大掃除のような片付けはしてこなかったのか。

「事件の夜、気になるようなことは見ていないわ。コンビニには他にもお客がいたけど、家の近くの道路には人通りはなかったし。それに一刻も早く帰って寝たかったから。ただ、気にはなっていたから、翌朝、事業所に行く前に覗いてみようと思ったの。そうしたら、あんなことに」

そういって唇を噛んだ。

「気になったというのは？」

「え。ああ、コンビニから戻って玄関先でカードを渡して帰ろうとしたら、もう一回行ってきてっていわれたのよ。さすがにもう勘弁してください、明日の朝にしてと、今から思えば冷たい対応だったなとあとから気になって。だから早めにいって入金しようと思ったんだけど」

「もう一回？　どういうことだ」

「まだお金が残っていたのじゃないかな。お札ばっかり裸のままで隠していたみたいだから」

「なるほど」

「ねえ、部屋が散らかっているっていうのはどういう意味？」

「ああ。土鍋が凶器だということは聞いているか？」

「ええ。それがどこにしまってあったものか、知っているのはわたしだけだろうっていわれたから」

「じゃあ、普段はしまわれている？」

「そりゃそうよ。土鍋だもの。座敷の押し入れにしまっているのをなにかの折に見たことがある。冬になったら出して使っていたらしいけど、ご主人が亡くなってからは鍋料理もしなくなって、ずっと放ったらかしにしていたそうよ。だから、どうして土鍋が外に出ていたのかわたしも不思議だった」

台所でなく座敷の押し入れか。座敷とは庭に面した縁側のある部屋のことだろう。犯人はわざわざ座敷に入って、そこの押し入れを開けて出してきたということなのか。侵入口は確かに玄関でなく庭からという話ではあったが。

「そうか。色々聞けば、妙なことばかりあるな」

「そう？　そうね、そういわれれば、おかしいか。ヘルパーをしていると色んなお年寄りを相手にするから、あんまりそういうこと気にしないの」

「大変な仕事だな」

ふふっ、と思わせぶりに笑う。

「よく知らない人ほど、大変だ大変だっていう」

「悪い。適当ないい方をした」

「いいの。わたしも最初はそう思っていたもの」

事件の話から離れたせいか、小町は落ち着いた表情を見せる。そしてなぜヘルパーの仕事をしているのかを教えてくれた。まだ若いのだから、他にいくらでも稼ぎのいい仕事があるだろうに、今も、再就職先としてハローワークから持ってきたのは介護職関係の求人票ばかりだった。

安西小町は、確かに高校生のころ素行が悪く、良くない連中とも付き合っていた。あるとき、そんな仲間の一人が年配者を突き飛ばすようなことをしたのだ。側には介助をするヘルパーがいて怪我には至らなかったが、他の仲間のように知らん顔して逃げることが小町にはできなかった。

睨みつけてくるヘルパーと足元をふらつかせる年配の男性に頭を下げた。ヘルパーは小言をいい出したが、男性が途中で止めた。一人だけ逃げることなく、仲間のした悪さを詫びようとしたことで逆に感心してくれたらしい。

「そのとき一緒にいたヘルパーさんは、四十代くらいの女性で、自分がぶつかられたわけでもないのにずい分と怒っていたわ。最初、ご家族なのかと勘違いしたくらい」

だから、なんで他人のあんたが、と若い小町は思ったらしい。男性は笑いながら、この人はこういう人なんだといった。更に、『このヘルパーさんはわしみたいな年寄りの世話を焼くのが楽しいんだそうだ。いい気持ちになれるんだよね』と嫌みにも取れるいい方をした。

そんな風にいわれてもヘルパーの女性は意に介さない風で、はいはい楽しませてもらっていますと笑った。それでむしろ、要介護の男性と女性ヘルパーの関係が良好なのだというのがわかったらしい。

聞くと、その女性は早くに両親を亡くしていた。傍《はた》から見れば老後の世話をしなくて良かったとも感じられるが、本人にとっては逆にそれが悔しいという。せめて自分の親の介護くらいはしたかったと。

『自分は小さいときから体が弱くてずっと両親に心配をかけ続けた。母は背中にわたしをおぶって、幼い弟の手を引きながら毎日、歩いて病院に通ってくれた』

その合間に母親は仕事をし、家事もし、祖父母もみとった。やっと自分が丈夫になって母親に面倒をかけなくなったと思ったら、あっさり逝かれた。なんの恩返しもできなかった、その無念さが今もずっとあるのだと。

「その人は、ヘルパーとなって誰かの老後の介助をすることで、その心残りを解消したかったのか」

野路が訊くと、小町は頷く。当時の小町の胸にはそのときの短いお喋りの記憶が消えずに残ったのだ。だからといってすぐにヘルパーになろうと思ったわけではないといい、野路も、そうだろうなと考える。まだ高校生だ。

ただ、小町の母親はその後、病気で亡くなっている。姉が面倒を見てくれたのだが、その苦労を間近で見ていただろう。

学校を卒業して、一度はネット通販の会社に勤めたが人間関係で躓《つまず》き、どうしようかと迷っているときあのときのヘルパーの女性の言葉が不思議と蘇ってきたという。デスクワークをするよりも体を使う仕事の方が向いている気もしたので介護の仕事に就いた。仕事を覚え、順調な毎日を送っていたら、今度は姉夫婦が死んでしまった。いよいよ介護職への思い入れが強くなっただろう。

「でもね」と妙な笑みを浮かべる。「世話をできなかった家族の代わりに、なーんて思い入れは実際にヘルパーの仕事を始めるとなんの支えにもならなかった」

高校生のときに出会ったヘルパーの女性の話には続きがあった。

『でも、やっぱり仕事なのよ、これは。お給料をもらっているからできるということもある。そうでなければできないという気持ちもある。優しさや気の毒に思う気持ちや恩返しなんてものだけで続けられるほど甘い仕事じゃないのよね。お金をもらっているという立場が、一番強い責任感を生むのよ』

「なるほど」と野路は思う。警察の仕事も、使命感や正義感は大事だが、それだけで続けられるものでもない。安定した給料をもらうことで家族を養える、生活ができるという実利の一面があるからだ。

「ただね」と小町は微笑んだ。街灯しかない夜の公園のなかで見るには、やけに綺麗な笑顔じゃないかとはっとする。体の奥がうずき始めて宥めるのに苦労した。

「目の前で要介護者が酷い目に遭ったりしたようなときは、感情的になってしまうって、その人はいったの。それは、仕事だと思っていても心のどっかにさっきいったような気持ちがあるからだろうって。心の芯みたいなところに、少しでも介護の仕事を通じて大切な人にできなかった恩返しをしたいという気持ちがあると、いざというときの励みになる気がするって」

だから小町が、年配の男性の身内かと勘違いするほど、その女性は憤ったのだ。

「そうか」

「わたしはまだその域まで達していないけど、そんな風に感じられるようになればいいと思ってる」

だから、つい竜内より子に必要以上の肩入れをしてしまうのか。小町の家のリビングには、より子の遺骨と花があった。

「それじゃ」

「ああ、気をつけて」

そういって互いに背を向けた。バイクの側まで行ってエンジンキーを差し、ヘルメットを手に取ったとき、公園の樹の暗がりに人の気配を感じた。その場で直立すると腰を折って深く頭を下げる。なんの反応もなく、葉が風に揺れる音だけが響き渡っていた。

15

一日警務の仕事に追われた。

巡査部長の二次試験に合格した数名を相手に、道端係長が面接試験の指南をするためスケジュールを組む。夏期休暇取得期間に入って朝礼への出席者が激減したので、朝から沼と手分けして各課を回って声をかける。

当直室のシャワーが壊れていると苦情が入り、教養係の仕事ではないが、総務係の巡査長を手伝って脚立と道具箱を持って上がった。

交番の主任が病院で検査を受け、その診断書を持って産業医の先生との面談を入れた。一階に野路がいるのに気づくと、近づいてきてわざわざ報告してくれる。

「いやあ、ほっとした。要精密検査なんて脅すから悪い病気だったら嫌だなと思ったんだが、なにもなかった。尿酸値の数値が高いので糖尿にならないよう先生から食事と運動のメニューを渡された」

「良かったですね」

この主任には確か、小さな子どもがいる。なにかあったらどうしようと不安だったのだ。

「野路くん、警務課長が車で出るよ」と道端から声がかかる。それがどうしたのかと思っていると、刑事課長も同じタイミングで県警本部に行くらしいというので慌てて駐車場に走った。

どちらの車が先に出るかということでもめるに決まっている。だからその前に運転担当である総務係になにか理由をつけて引き止めてくれと頼む。その隙に、刑事課長に同行する刑事に早く行けと催促した。みな二人の課長のことはわかっているから話が早い。なんとかことなきを得て、席に着こうとしたらまた呼ばれる。

そんなこんなで小町と公園で会ってから二日後の十四日の金曜日に、ようやく時間を見つけて友枝宅に向かうことができた。そのあいだもきちんと連絡だけは取り合っている。野路の頼みを聞いて、近所を当たってくれているのだがあまりはかばかしくないのか、ずっと声に元気がなかった。さて、どうやって機嫌を取ろうかと考えながら、ノックしてドアを開ける。

顔を見ると、意外にも興奮したような表情をしている。なにかいいネタでも摑んだのかと話を振ると、顔を赤くして頷いた。

「よし、聞こう」

友枝はベッドの上に腰掛け、大判のノートを広げる。

「竜内より子は問題のあるおばあさんでした」

なんだいきなり。苦笑いを隠して、「順序良く報告してくれないか」といった。

友枝蒼はスーツ姿で外に出た。母親は目を丸くしたらしいが、ちょっと出かけてきますというと、黙ってこくこくと頷いたそうだ。

「それで野路さんにいわれた通り、竜内さんの自宅近所から順番に訪ねて回りました」

捜査本部がとっくに聞き取りを行っているだろうが、その内容が野路らにはわからないのだから、友枝の行動も満更《まんざら》無駄ではない。

「初めのうちは、またかという顔をされたり、もういいましたと鬱陶しがられたりしましたけど」

何軒目かの家が、友枝の小学校の同級生の家だった。本人はいなかったが家族がいて、あら久し振りという話になったらしい。

「そこで色々聞けましたし、そのあともご近所のことなら誰それさんが詳しいと教えてもらえました」

なるほど、これこそ地の利《ちり》だなと野路も思いがけない成り行きに感心の声を漏らす。

「竜内より子はこれまでにもずい分と、ご近所ともめごとを起こしていたようです」

「それは認知症の症状が出てからか」

「いいえ、それ以前からだそうです」

「ふうん。たとえば？」

たとえば、隣の家の樹木の葉が塀を越えて庭に落ちて汚くする。新聞の配達が遅い、向かいの玄関灯が眩《まぶ》しくて眠れない、家の前の通りを大きな音を立ててバイクで通るのを止めろ、子どもが騒ぎながら自転車で走るからうるさい、とか。

それこそいいがかりとしか思えないようなことまであるらしい。

「ただ古くから住むご近所のことなので、あんまり大ごとにはしなくないからと皆さん適当にやり過ごしていたようです」

「そのなかで特に気になるようなことはなかったか」

「そうですね。あ、竜内宅の東側の通りを挟んだ先に、大きな二階建ての屋敷があるのをご存じですか？」

「えっと。あった気もするが」

「そこの家のゴミ出しがなっていないと竜内より子が文句をいって、派手な喧嘩になったことがあるそうです」

「ゴミ出しか」

「それもゴミの分別のこととか、時間が違っていたとかの話じゃないんですよ。なんと、袋越しに封の開いていないお菓子だかが見えて、なんでこんなもったいないことするんだ、罰当たりがとかいって、叱りつけたそうです」

しかも勝手にゴミ袋を破ってそのお菓子を取り出した。お陰で中身は散らばって酷いことになったというから、騒ぎになるのも頷ける。

「はあ」

どうやら、より子の夫は変わり者だと思っていたが、案外、似た者夫婦だったのかもしれない。小町は仕事柄、担当する老女のことをあれこれいうわけにはいかないと黙っていたのだろう。初めて会ったときのより子とアパートの男性との騒動のときも、小町の納め方はずい分手馴れていた。

「それは難儀だな」

「ええ。その家、丹波というのですが、それまでも、より子のせいで嫌な思いをさせられてはいたみたいですが、他の人と同じように無視していたそうです。ただ、そのときはさすがに頭にきたのか、奥さんだけでなくご主人までもが出てきて大ごとにな、えっ」と友枝が身を引いた。野路が思わず身を乗り出し、手を伸ばして友枝の襟《えり》ぐりを掴んだからだ。

「ちょっと待て。今、丹波といったか」

「え、ええ」

「そこのご主人の名前、下はなんていうんだ。会社はどこだ」

「え、えっと。名前ですか。ちょっと待ってください」

そういって膝の上のノートをぺらりぺらりと捲る。その仕草があまりに悠長で、つい寄越せと摑みかけると、「日記替わりでもあるんですから、駄目です」と睨まれる。大人しく待つことにする。

「あ、ありました。名前は丹波、和範ですね。奥さんは丹波美喜子《みきこ》」

「仕事は？」

「はい、その丹波さんとの喧嘩を見ていた人から聞いています。元は公務員だったそうですが、今は住宅環境公社の偉いさんだとか」

「どういうことだ」

野路は記憶を辿《たど》る。捜査本部のホワイトボードに、丹波和範の名前があった。その丹波の勤め先である公社のことを落合にぶつけると、物凄い剣幕で怒り出した。落合は、小町を容疑者と睨んでいるが、捜査本部としては他の可能性も挙げているのではないか。そのことが気に入らず、落合は苛立っていたのかもしれない。

友枝にそのことを話して聞かせると、顔を赤くして目をらんらんと光らせた。

「もしかして、その丹波という男が、より子の行動に腹を立てて殺したとか？」

「そんなことで殺人までするか？　公社の常務理事でもあるんだぞ。ゴミのことくらいで真夜中にわざわざ出向くか？」

「でも捜査本部では容疑者として挙げているんですよね」

「容疑者かどうかはわからないが」

「野路さん、もしかしたら丹波の奥さんという線はないですか」

「どういうことだ」

「奥さんとより子はずっと仲が悪かった。事件の前か直近で、またゴミのことでもめた。腹が立った奥さんは夜も眠れず、ひとこと意見しようと訪ねた。だがそこでも話が嚙み合わず、なにせより子は時どき惚けるんですから、そのときもそうだったかもしれない。我慢ができなくなった丹波の奥さんは、つい手近にあった土鍋で殴りつけてしまった」

「いや、だからゴミのことなんかで殺すか？」

「わかりませんよ。女性というのはすぐに感情的になりますし、怒ったらなにをしでかすかわからない」

「お前、若いくせになんでそんな偏見を持っている」

「え、いや、別に。ただ、自分の母親を見ているとつい」

「地域の同期に女性警官がいたよな」

「いますけど、なにか?」と怪訝そうな顔を向ける。

「その彼女、感情的な言動を取るか」

「……いいえ。どちらかといえば理論派かな。意見の相違があっても冷静に理詰めで攻めてくるような。成績はそんなに良くなかったけど」

「俺のところにも優秀な新人だという話が届いている。そういうのは、頭のできとは別なんじゃないかな。たまに顔を見て話をするくらいだが、彼女がこの津賀署に配属されたのも当然だと俺は思う。学歴や性別、出自や年齢でなく、個々として、その人間そのものを見るべきじゃないか」

友枝は、むうとした表情を見せたが反論はしてこなかった。いい訳をしない代わりに尋ねてきた。

「その人そのものを見るって、どうやるんですか」

「話せばいいじゃないか。口があって言葉を知っているなら、話しかけろよ。そしてなにか訊かれたならちゃんと答えろよ。それで見えてくるものがあると俺は思う」

友枝が深刻そうな顔をしてノートに視線を落とす。野路はそれ以上なにもいわず、「話が脱線した、戻そう」とだけ告げる。友枝も、はい、といって背筋を伸ばした。

「丹波和範にしても奥さんにしても、動機が弱い。捜査本部では和範の名前だけ挙がっていたように思うが。以前、落合刑事から公社と団地の建て替えを請け負っている業者とのあいだで癒着があるような話を聞いたな」

「業者とですか。ですが、それこそより子とは縁のない話のように思えます」

「うむ。そうだな。いや、待てよ。確か、丹波の名前の上には春男の名前もあった。おまけに意味ありげにクエスチョンマークが付いていた」

「春男？　竜内春男ですか。何か月も前に事故死したとかいう」

「ああ」

「どうして春男が出てくるんですか」

「わからない。だが、もしかしたら、春男を介してなら、より子と業者や丹波が繋がるのかもしれない」

　友枝が、大きく目を開く。

「野路主任」

「なんだ」

　見ると、最初に見たときのようなはしゃいだ様子は消えて、代わりになにかを決心したような目つきをしている。

「僕、もっとちゃんと調べてみます。今度は、その丹波の家の人間に絞《しぼ》って、住宅環境公社のことなども含め、あらゆる方面から探ってみます」

「そうか。難しいぞ」

「なんとかやってみます」

「無理はするな。危ないことも駄目だ。連絡は常に入れてくれ。いいな」

「了解です」

16

翌日の土曜日、野路は当直だった。

朝から出勤し、制服に着替えてカウンター前の席に着く。警察署は一応、開いているが土日は免許の更新などは受け付けていないし、出署しているのも少数だ。そんな状態でも落とし物を拾ったとか、物損事故を起こしたといって飛び込んでくることがあるから当直員で対応し、各課の当直員に引き継ぐ。

仕事は主に一階での受付だが、時間を決めて交替する。それ以外の時間は大抵、各課に戻って仕事を片付け、食事や仮眠を取ったりする。受付仕事に就くときだけ、刑事であっても生安であっても制服に拳銃を所持する決まりだ。

ただ、野路は拳銃の携行が認められていないから、それ以外の装備だけして座る。駐車場にはパトカー乗務員が洗車している姿があった。

昼イチの受け持ちは、刑事課の巡査長と一緒だった。連日の捜査で忙しいだろうから、「俺一人で十分だから奥でゆっくりしとけよ」と声をかけた。三十前の巡査長は、いえ大丈夫です、というが何度も欠伸《あくび》を嚙み殺す。

こういうのんびりした当直勤務のときは、課や係を越えて砕けた話をする。プライベートなことも話すし、上司や先輩の悪口も聞く。当直員のメンバーは決まっていて、同じ面《めん》子《つ》で組むから自然と親しくなるのだ。

巡査長は、野路が友枝の対応を任されていると知っていて、「どうですか」と訊いてくる。純粋に心配しているのもあるのだろうが、好奇心も多分にある。

「そうだなぁ。話はしてくれるんだけどな」

「へえ。進歩じゃないですか。あとはここに出てくるかですよね」

「そうなんだがな」

「やる気はあるんですか？　キャリア志望だったそうだから、交番のお巡りさんなんてやってられないとか」

どこからそんな情報を、と思うがいくらでも知る方法はある。警務課員と同じ当直を組んだならそんな話題になってもおかしくない。昼に限らず、夜ともなればなおいっそう暇になる。おまけに眠気も襲うからなにか話でもしていないと時間が潰せない。定期的に回ってくる当直だから話のネタも切れ、自然と仕事の話か家庭の話になる。

誰に聞いたと問い詰めても仕方がないから、肩をすくめて適当に答える。

「仕事は嫌じゃないみたいだがな」

「ふうん。じゃあ、やっぱハラスメントですかね」

「どうだろうな。まだそこまで腹を割って話せてないから」と誤魔化し、そっちはどうなんだと振る。

「いやあ、なかなか厳しいみたいっす」と他人事のようにいう。巡査長では、本部一課のお手伝い的な役目しか回ってこないのかもしれない。

「意見が割れているらしいじゃないか」と鎌をかけてみる。人の好い巡査長は、うんうんと頷く。

「一課さんでも割れることってあるんすね。ちょっと険悪な雰囲気になって、僕もそうですけどうちの刑事課員はみな、黙って嵐が通り過ぎるのを待っている感じでした」

「へえ」

それほどのことになっていたのか。割れている意見の一方が落合で、丹波和範を推す派ともめているということか。あの落合なら相手が誰であれ、遠慮せずに自論を通すだろう。とはいえ、もし見当が外れたなら立つ瀬がなくなるのではないか。少なくとも、小町を信じる野路にしてみればその公算が大と考えるから、落合への同情も湧くというものだ。様子を見て、声をかけてみようか。

「あ。なんか動きがあったのかな」

巡査長は階段に目をやりながら立ち上がる。

土日も祝日も、捜査本部には関係がない。むしろ休日にしか話を聞けない相手もいる。三階は普段通りに人の気配が満ちていて、巡査長は制服を着ていながらも上を気にしていた。

階段を下りてくる足音と共に、刑事らが姿を現す。そのまま裏口へ向かおうとしたのを巡査長が思わず声をかけた。

「なんかありましたか」

所轄の刑事が振り返って、口早に答える。

「春男に強請《ゆす》られていた人間が見つかったんだ。今から聴取に行く」

る。

「そうなんだ。やったね」と片手を拳にする。

野路にも会釈して走り抜けた。巡査長が寂しそうに窓から捜査車両が出て行くのを見送る。

「春男って、例の被害者の息子だろ？　四か月も前に亡くなっている。強請りをしていたのか？」となにげない風に訊いてみる。心ここにあらずの巡査長は頷き、「はい。保険会社が竜内より子のことで捜査本部に問い合わせにきたことから、息子の春男が興信所の調査員だったことがわかったんです。それからずっと調べていたんですが、どうも調査で得たネタを元に、金を強請り取っていた疑いが浮上し、裏取りのために被害に遭った人間を捜していました」と素直に答える。

「そうなのか」

春男は調査員の立場を利用してなにをしていたのか。捜査本部はそれが、より子殺しに繋がるのではと思っているのだ。だが、出て行った一団のなかに落合はいなかった。

「住宅環境公社と関係あるのかな」と、今度は別に鎌をかけるつもりもなく、自然と口にしていた。巡査長がさっと振り返り、ぱっと顔を明るくした。

「おっ、さすがは野路主任。姫野や運転免許センターで刑事顔負けの活躍をされただけはあるなぁ。ひょっとして、今度の事件でもなにか掴んでいたりして」と逆に探ってくるような目をするのに、思わず苦笑いした。

「竜内より子の自宅近くには丹波和範という住宅環境公社の人間が住んでいる。より子とその丹波家はもめることがしばしばあって、険悪な状態だった。丹波は竜内家の人間と顔見知りだっただろう。そして公社と団地建て替えに関わる業者とのあいだには不適切なやり取りがあったという噂がある。より子の息子が興信所に勤めていてなにかを調べていたが、今年の春、事故で死亡した。保険会社はその事故死に疑問を持って、保険金の支払いを留保している」

単にこれまで聞き及んだことを羅列《られつ》していっただけだが、自分でいっておきながら、この線は思いのほか濃いのではないかと思えてきたから不思議だ。それは巡査長も同じらしく、口をあんぐりと開けたまま、立ち尽くしている。

「おい」

いきなり声がかかって、巡査長はカエルのように跳びはねた。振り向くと階段近くに落合がいる。睨みつけてくるので、巡査長は泡を食って右往左往した。

「あんまり余計なことというなよな、野路。若いのはなんでも真に受けるだろうが」

そういう顔は怒っているでもなく、むしろ疲れたような気配すら漂う。落合には珍しいことだ。

巡査長が直立して、すみません、と謝る。

落合が手をひらひら左右に振って、そのまま招くように上下に振った。野路を呼んでいるらしい。巡査長に目配せして、カウンター前を離れる。

窓際にある免許更新用の申請書などを書き込むテーブルを挟んで向き合った。いまだ落合に罵られたことは頭から離れないが、余計なことは口にするまいといい聞かせる。落合はそんな野路の頑《かたく》なな態度に気づいているだろうが、気にする風もなく書類を指先でいじりながら、逆だな、と呟く。

「はい？」

「さっきいってただろう。竜内より子と丹波家はもめていて、丹波はより子や春男の顔を知っていたみたいな」

「ああ、ええ」

こっそり聞いていたのかと訝るが、黙って続きを待つ。

「春男が丹波和範を知ったんだ。母親のより子がゴミ出しでもめているところに行き合わせたらしい。散らかしたゴミを片付けているとき、なにかを見つけたかして、丹波と奪い合いになった話が出てきた。あくまでも側で見ていた人間の印象だがな。春男は素行の悪い調査員だ。しかも鼻が利く。駅前再開発の事業が動き出し、丹波が公社に天下りしていたことから妙な勘が働いて、以来、気にかけていたんだろう。業者に車で送られてきたかして、丹波が個人的に接触しているのに気づいた可能性もある。なにせ家が近い」

「開発業者との癒着を調べていたってことですか」

「ああ。お袋さんにも色々、訊いたんじゃないか。ご近所だから噂話も耳に入れられる。経済状況とかな」

「丹波を張った」

「うむ。うちでも団地の建て替え事業に関わっている不動産会社や建築会社を当たってみた。それらの近辺で春男らしい男が目撃されていたのがわかった。なかには、こっそりスマホを向けていたような話もある」

落合は手に持った紙を片手でくしゃくしゃにすると、窓に向けていた視線を手元に落とす。

「春男が日ごろから、調査内容を元に脅迫したり、金を強請っていたりした事実が出てくりゃ、一気に現実味を帯びる」

その被害者が今、ようやく判明したということか。それなら、捜査員が血相変えて駆け出してゆくのもわかる。そこまで考えて、嫌なことを想像した。

「だとすれば、落合主任。もしかして春男の事故死は」

「うーん。春男が丹波と開発業者との関係を調べて脅していたとすれば、事故死の件も再捜査になるかもしれん。所轄は、あくまでも事故だといい張っているがな」

業者との癒着については、二課が本腰を入れて動き出すことになっていると付け足す。

野路は目を上げて落合の顔をまじまじと見つめた。

「どうしてそんなことを教えてくれるんですか」

野路の言葉に落合は頭を掻く。

「このあいだはいい過ぎた。悪かった」

へえ。野路は軽く目を瞬く。落合もずっと気にしていたのか。がさつなところはあるが、案外と繊細なのかもしれない。

野路が関わった自動車事故では後輩が死んでいる。自身も大怪我をしたが、周りからは後輩を死なせた、独り生き残ったと陰口をいわれた。そのとき経験した苦しさも激しい後悔も生涯忘れずにいるだろうし、誰もそのことを口にしなくなったとしても、野路は自分自身に向かって後輩を死なせたのだと罵り続けるだろう。警察にいる限り、決して過去のことではすまされないのだ。

「いいですよ。本当のことですし」

「そういうなよ。悪かったっていってるだろう。その詫びだ」

「詫び？　捜査本部の情報をくれることができですか」

なんだそれは、と憮然とする気持ちが湧いたが、落合はずる賢そうに目を光らせる。

「お前、地域の新米警官の面倒みていたな。事件に興味があるんだろう？」

「なるほど、お見通しですか」

苦笑いしてちらりと後ろを振り返ると、なにかを察したらしい巡査長が目を伏せるのが見えた。

野路はわざとらしく大きくため息を吐いた。

「わかりました。もう気にしないでください。事件が片付いたら飲みに行きましょう」

「おお、そうか。悪いな、お前の奢りな」

なんでそうなるんだと思うが、せっかくだからもう少し訊いてみる。

「捜査本部の筋目が割れていますか」

「まあな。わしはあくまでも安西小町の線を推したんだが。とはいえ、捜査本部が丹波やその周辺に舵《かじ》を切った以上、合わせないわけにはいかん」

「俺も安西の線は薄いと思いますよ」

「ふん。お前の意見には誰も耳を貸さんよ。もう要注意人物になっているからな」

「え」

「捜査本部でのことは、なにひとつ野路明良の耳に入れるなと厳命された。特にわしに向けてだがな」

そうか。やはり、このあいだの公園でのことが知られているのだ。そういえば、三階の講堂へ行こうとしたら、道端がすぐに代わりに沼に行けと指示することが多くなっていた。知らないところで腫物対応をされていたらしい。自己責任だから仕方がないが。

「とはいえ、お前の信奉者はそうでもないようだぞ」

そういって落合はカウンターの前の巡査長に視線を流す。本部捜査一課はともかく、所轄の刑事課員には、警務課の野路とは関係を悪くしたくないという気持ちがあるのだろう。嬉しいような申し訳ないような。

「ついでだ。もうひとつ教えてやろう。竜内より子の夫名義の口座が見つかった。安西がいうように時折、入金の痕跡《こんせき》があった。事件のあった夜も、証言したコンビニのATMからの入金を確認した」

時刻は十一時五十三分だったと教えてくれた。

「そうですか。それじゃ、彼女の動機はなくなったということですね」

「お人好しだなぁ、お前は。なんとかは盲目っていうのになってんじゃねえよ」

むっとしながら、「どういう意味です」と声を張る。

「なにも渡された金額をみな入金したとは限らんだろう。いくらか抜いて残りを口座に入れた。たまたまあの夜、金額が違うと指摘を受けて、バレそうになったから土鍋で——という絵も描ける。より子があの夜、いくら見つけたのかは死人に口なしで知りようもないしな」

なんと疑り深いのだと思うが、反論できない。代わりに、「どうしてそこまで安西小町を疑うんですか」と訊いた。

「うーん、なんというのか。土鍋がな」

「土鍋？　ああ、どこにあるのか彼女しか知らなかったから、ってことですか」

「それもある。だが、土鍋を摑んで振り上げて殴りつける、ってのがなんか女の匂いがするんだよな」

「そんな感覚的なものですか。だいたい土鍋っていいますが、より子が自分で取り出したかもしれないでしょう。そこに夫の隠し金でも見つけたんじゃないですか」

「どういうことだ」

「安西小町がコンビニから戻ったら、もう一回行ってといわれたって話、聞いていませんか」

「聞いていない」

落合の表情が固まった。すぐに、獲物を見つけた鷹《たか》のような目の色に変わる。

「そうか。いえなかったんだ」

小町は最初に、前の晩、より子の具合が悪そうだったので気になって朝早く出向き、遺体を発見したと証言した。本当は、もう一回入金に行けといわれて断ったことが気になったのだが、証言をころころ変えれば余計に疑われると思い、黙っていることにしたのだろう。

またも、落合は野路の胸ぐらを摑む。

「その話、ちゃんと教えろ」

「いいですよ。その代わり」

「なんだ」

「春男の勤め先という興信所がどこだか教えてください」

落合は睨みつけて、「邪魔はするなよ」と念を押した。

17

日曜日は当直明けだ。休日なので午前中に引き上げることができる。本来なら真っすぐ家に戻って十分に取れていない睡眠を貪《むさぼ》るのだが、署を出てそのまま友枝の自宅に向かった。

日曜日だったからか、家には両親が揃っていた。ダイニングテーブルに着いて、夫婦でお茶をしていたらしい。父親が野路にもどうかと声をかけてきたが遠慮する。母親は友枝のために、もう昼の献立をあれこれ考え始めていた。久々に家族で食事ができるのが嬉しいようだ。

友枝に下りてきて一緒に食事をしないか訊いてくれないかというので、野路は仕方なく頷いた。

昨日の土曜日も友枝は活発に動いたらしく、野路の顔を見ると笑顔を見せてノートを広げる。

「保険会社がどうして支払いを渋っているのか、理由がわかりました」

「え。それは春男が入っていたやつのことか」

「はい」

「まさか保険屋を当たったのか」

どこの保険会社なのかは、小町から聞いたときに伝えていた。加えて、道端係長から聞いた防犯委員がその調査員を捕まえた話もしていた。ただ、だからといって保険会社を当たるのは止めておくように釘《くぎ》は刺している。保険の調査員がそう簡単に話すとは思えないし、いったいにしてもそれは捜査本部の刑事相手にだけだ。そんなところに、刑事でもない友枝が一人で聞き込みなどしたら怪しまれるだけだろう。

「いえ、調査員からではないです。例の防犯委員をしている神田って人から聞いたんです」

「神田さん？」

「調査員を不審者と間違えて取り押さえたっていいましたよね。だから、その神田って人がなにか聞いていないかと思って訪ねたんです」

「へえ」と目を瞬かせると、友枝は照れたように口元を弛め、続きを話す。

「捕まえた際、神田さんが相手にちょっと怪我をさせたらしいんですね。まだ若い調査員だったそうですが、申し訳ないからと家に連れて行ってお茶を振舞ったそうです」

「神田さんの家で？」と尋ねると頷いた。

あの神田という人はとにかく親切だ、いやお節介焼きといっていい。いったいどこまで見回って、より子の身辺を探っている保険調査員を捉えたのだろう。更にはその人物を家に招いている。

「で、その調査員ですが、神田さんと話をしているうち気安くなったのか、保険調査の仕事に嫌気が差しているとか愚痴をいい始めて、その流れで今の調査のことを漏らしたみたいです」

少し呆れる。神田も神田だが、保険屋も保険屋だ。今どきの若い職業人は、仕事に対する責任というのをどのように認識しているのだろう。いや、若いとひとくくりにするのは失礼か。

それで、と友枝は得意げに話を続ける。そんな友枝も似たような若者だがと思いながら、うんうん、それは目のつけどころが良かったなと、ちょっと褒めておく。

竜内春男は、高齢の母親を置いて一人暮らしをしていた。興信所の仕事をしていたから、生活は不規則だったのかもしれない。会社の近くに引っ越していることからもそれは窺える。つまりは仲が悪くて家を出たのではないということだ。小町の話でも多少の口喧嘩はしても、母親を嫌っていたということはなかったらしい。

住んでいるアパートは津賀市ではなく、電車で二十分ほど行った別の市内。事故に遭ったのは、また住んでいるところとは違うR市だ。

深夜、公園の階段から転落した際、階段下にあった大きな石に頭をぶつけて亡くなった。街灯が少なく、以前から夜に階段を下りるのは怖いという苦情があった場所らしい。即死ではなかったようだが、階段付近に争った跡もなく、ごく普通に事故死として処理された。

「調査員がいうには、もちろん、その若い調査員ではないですよ。最初は別のベテラン調査員が担当していたそうです。途中で退職してしまったとかで」

それで引き継いで担当することになったのか。わけもわからないまま押しつけられたかして面倒だと思うのは理解できないでもないが、仕事なら仕方がないことだとも思う。

「そのベテラン調査員が調べた時点で色々、不審な点が見つかったそうです」

「どんな」

「まず、竜内春男が転落する少し前、その近辺で数人の人間が走り回っている音が聞こえたそうです。そして事故の目撃者はいなかったそうですが、公園には音楽をかけてダンスをしていたらしい若者グループがいました。ベテラン調査員はその人間を見つけ出したんです」

凄いですね、民間の調査員も侮《あなど》れないですよねと感心する。だが、裏を返せば警察が手抜きをしたことでもあるのだから、気持ちとしては複雑だ。

「そのダンスをしていた連中がいうには、階段の方から人がくるのを見た気がするというのです」

「はっきり姿は確認していないんだな」

「はい。その後、保険会社の方で警察に確認したとき、春男の服装にちょっと乱れがあったそうです」

どういうことかと思案顔をしていると、友枝が興奮した目つきで、「なにかを探していたとは考えられませんか」という。

なるほど。事故現場の付近では複数の人間の足音があった。春男は誰かに追われていたのかもしれない。それはつまり春男がなにか、その追手の欲しがるものを持っていたからら。そして足を踏み外した春男を見つけた追手は、死にかけていた春男の体をあらため、それを手に入れた。

もしくは、そのなにかのために故意に春男を突き落としたか。

「そういうことか」

「はい。手に入れたかどうかはわかりませんが。むしろ、見つけられなかったのではと僕は考えます」

「なぜ」

「竜内より子が殺害されたからです」

野路は絶句する。期せずして、捜査本部の考えているのと同じところに行き着いたわけだ。春男を追いかけていた連中が、欲しいものが見つからず、もしや母親に預けたのではと考え、襲った。そしてその欲しいものというのは、住宅環境公社の丹波と開発業者との癒着の証拠、か。その線で捜査本部は舵を切り始めたと落合はいっていた。

いや待て。ちゃんと冷静になろう。友枝の興奮している顔を見るほどに、野路は気持ちが冷めてゆくのを感じた。

保険会社は春男の事故死を疑い、保険金の支払いを留保していた。そこにより子の殺害事件が起きた。友枝が考えたのと同じことを保険会社が疑ったとしても不思議ではない。落合から聞いた捜査本部の今の状況を伝えると、友枝は大きく何度も頷いた。捜査本部と同じ結論を導き出したのだから、浮かれるのは仕方がない。

「丹波と業者との癒着ですね。その証拠となるものに間違いないですよ」

写真とか録音データとか帳簿とか。それらを入れたSDカードかUSBメモリかと指を折るようにして羅列する。

「だが、そんな大事なものを母親に託すだろうか」

「託したのではなく、内緒で実家に隠したのではないですか。古い家ですし、ごちゃごちゃしている感じだし、そう簡単には見つからないと考えた」

「長く住んでいるのだから物は多いだろうが、散らかってはいなかったそうだぞ。例の土鍋も、普段はちゃんと座敷の押し入れにしまっていたそうだ」

「そうなんですか。だったらなんで土鍋なんか出したんでしょう」

仕方なく、小町から聞いた話もする。

へぇ、と呆れた風に目を丸くする。「確かにタンス預金は日本人の高齢者にはありがちでしょうけど、どこに隠したかわからないなんて、ちょっとブラックユーモアにしても笑えないですね」

「それに春男が事故死したのは四か月も前だ。それを今になって取り戻そうとするのはなぜだ」

その点はわからないですけど、と正直に首を傾げたがすぐに、「犯人を捕まえれば全てがはっきりします」と妙な自信を見せる。ともかくこれで容疑者は決まりですねという友枝に、落合を庇《かば》うわけではないが、「安易に飛びつくのは危険だ」と釘を刺した。野路の言葉に友枝は不服そうな表情をしたが、軽く瞬きをすると眉間《みけん》に力を入れる。

「ようは証拠ですよね。決め手になる証拠があればいいんですね」

友枝にしては珍しい強気の発言だ。妙なリキが入っているように見えたから、なにかあったのかと尋ねる。

神田と喋っているうち、事件の少し前により子が高原という男ともめたことに話が及んだという。友枝は野路から聞いていたこともあり、交番のお巡りさんが収めてくれたんですよね、と続けた。神田は、新米のお巡りさんがしくじってね、といったらしい。野路は小さく舌打ちする。

「同期が高原って男に責められて、青い顔をして固まっていたと聞きました」

だからなんだと、野路は軽く睨んだ。いい気味だと思ったのか。

友枝は顎を引くと小さく首を振る。

「神田さんは、高原って男が悪い、あんなことくらいで年寄りに腹を立てたり、若いお巡りさんを怒鳴りつけたりして、といいました」

あれからも神田は何度か高原を見かけたが、いつも不景気そうな表情をしていたといった。そのうち、奥さんと子どもが家を出たようなことも耳にしたし、仕事が見つからないのか昼間うろうろしていたとも話した。

「そのせいか、神田さんは同期の警官の肩を持っていましたね」

野路は黙って友枝を見つめる。ふいに顔を上げると、「誰にだって新米のときはあるし、未熟な対応をしてしまうときがある。そんなこと当たり前なのに、なんで僕はそのことをまるで全てが否定されたように思ってしまったんだろうって」と口早にいった。そういって掌で顔をひと拭いすると、その同期の男は今も変わらず仕事をしているんですよね、と問うてきた。野路は頷き、「ああ、頑張っているよ」とだけ答える。

だから自分ももう一度、頑張ろうということなのか、といいように解釈する。だが、今の友枝は交番員ではなく、警察官とすら名乗れない。

「事件についてはあまり深入りするな」と念を押す。殊勝に頷くが、その顔を見て野路は嫌な予感しかしない。

案の定、今から春男の勤め先に行ってみるのはどうかといい出すのに、目を尖らせて止めた。捜査本部がとっくに調べているのだ。向こうも迷惑だろうし、そのことが捜査本部に知られては元も子もない。

友枝は残念そうに唇を突き出すが、野路は無視して母親の言伝を伝えた。

「たまには部屋から出て、一緒に食事をしたらどうだ」

たちまち幼い顔に戻って目を伏せる。

「無理して喋れといっているわけじゃない。食卓について飯を食べるだけでいいんだ。ご両親はそれだけで満足されるだろう」

友枝は細長い体を更に丸めて、上目遣いをする。

「野路主任も一緒に食べてくれますか」

子どもの誕生日会か。そこまで面倒をみるつもりはない。俺は忙しいといって、野路は椅子から立ち上がった。

そういって友枝の家を出たが、かといってどこ行く当てもなく、すべき用事もない。安西小町の顔が浮かんだが、一緒にゆず葉の生意気な顔も過って早々に諦める。

スマホで検索したあと、バイクのエンジンを噴かして県道を行く。友枝には禁じたが、野路はひと通り目にしておこうと考えた。

ここから一番近いのは丹波和範の家だが、捜査員が張っている可能性があるから、バイクで通り過ぎるだけにした。

友枝がいったように、確かに豪奢《ごうしゃ》な屋敷で石垣を積んだ塀が周囲を囲っている。ベランダのある二階部分と太い枝を伸ばした松や桜らしい樹々だけがかろうじて見えた。カーポートは格子になっていて車が二台あった。一台はBMWだったが、もう一台は小振りの国産車だから妻子用だろう。二台とも揃っているということは、家人は在宅なのだ。となれば周囲に刑事もいるだろう。それらしい車も人影も見えなかったが、急いでその場を離れる。

そのあと真っすぐ津賀駅前に向かった。日曜日なので再開発の工事は休みで、近くのビルにある住宅環境公社津賀営業センターのドアも閉じられていて誰もいない。バイクを駐車して、工事現場周辺をぶらぶら歩く。防護柵で囲まれているからなかの様子は窺えないが、全く人の気配がしないかというとそうでもない。風に乗って人の声が聞こえてくるし、小さな機械音もした。しばらくうろうろしていたが、変化がなさそうなので戻りかけたとき、出入口から人が出てくるのが見えた。

青い上っ張りを着てヘルメットを被った太った男性と、その部下らしい数人、そしてヘルメットを脱ぎながら五十代くらいのスーツ姿の男があとからついて出てくる。揃いの上っ張りを着た連中は工事の関係者らしく、慇懃《いんぎん》な態度でスーツの男に接していた。なにげない風に近づいて、上着に刺繍《ししゅう》されている文字を捉える。大喜多《おおきた》土木。部下の一人がタクシーを呼び止め、スーツ姿の男を乗せると窓越しに腰を折って挨拶をした。

「それじゃあ、またお声かけしますので」と太った男がにやけた顔を作る。タクシーに乗ったスーツの男はちょっと嫌な顔をしたが、答えたセリフは真逆なものだった。

「大喜多さん、今度は別の店にしてよ。この辺はちょっとね」

「はいはい、もちろんです。少し離れていますが、綺麗どころの揃っているいいとこがありますので」

すぐに窓が閉まり、タクシーは出た。

見えなくなるまで見送って、大喜多土木の面々は大きく安堵の息を漏らした。そして現場に戻りかける途中で野路を見つけると、冷たい目で睨みつけてくる。慌てて背を向け、バイクを停めている場所を目指した。

日曜日だからこそ、現場での会合というのができるのかもしれない。夜の店でうっかり内緒の話をするよりは余程安心だろう。スーツの男が丹波和範なのかどうかはわからない。親会社の人間なのかもしれないが、こういう業界では下請け孫請けは当たり前だから、中小の建築会社はどこも仕事を手に入れるための接待は欠かせないのだろう。

果たして丹波和範はその接待を受け、金をもらって業者に便宜を図《はか》ったのか。

野路は再びバイクに跨り、今度は春男の勤め先である興信所を検索し、住所を確認する。調査会社なら土日は関係ないだろうと思い、うまくいけば誰かと接触できるかもしれないと都合良く考える。

その前に、春男が住んでいたという三階建てのアパートにも寄る。階段を挟んで両側にひと部屋ずつで六部屋ある。住んでいたのは二階らしいが、もう別の住人が入っているので、外から様子を窺うしかできない。もし、友枝がいうように春男がなにか癒着の証拠となるものを手に入れて、事故死したときに身に付けていなかったなら、春男を追っていた連中がこのアパートを家探ししたのではないだろうか。

空き室があるらしく管理会社の看板が掲げてあった。そこを訪ねてみようかと考えたが、捜査員が訊いている筈だしなと躊躇っていると、一階の部屋から若い女性が赤ちゃんを前に抱きながら出てきた。

野路はヘルメットを脱ぎ、すみません、と声をかける。

女性ははっとするが、野路がすぐに、「姪っ子が今度大学に入るので住まいを探していまして。ここ空いているみたいですね」と口早にいった。女性は安堵した顔で、アパートを振り返り、「ええ。三階の右の部屋の人が先日越していかれたので」と微笑みかける。

「どうですか、家賃は。安いかなとは思ったんですが」

「どうでしょう。そこに管理会社の連絡先がありますよ」というのに、治安はどうですか、と女子大生なので心配なのだという顔を作った。女性は赤ちゃんをあやしながら、特に不安はないと思いますけどという。

「夜とかこの辺暗くないですか。付近で事件とか起きてないですか。下着泥棒とか空き巣とか」と心配性の叔父《おじ》の顔をしてみせると、女性は朗らかに笑い出す。

「大丈夫だと思います。わたしもここにきて三年になりますけど、そういう話は聞いたことないですし、怖い目に遭ったこともないです」

「それじゃあ、みなさん気に入って出入りはあまりない？」

「えっと」とさすがに口ごもる。三階と二階の春男の部屋はここ数か月以内で入れ替わっている。

「別になにか問題があって出られたわけではないと思います。二階の方は事故だったそうですし、それも外出先でのことだったようで、すぐに次の方が入られましたから」

「え、事故ですか。亡くなられたってこと?」ちょっと不安げに目を瞬かせてみる。女性は慌てて、本当に事故だそうですよと強く否定した。

「そうですか。じゃあ警察が調べにくるようなこともなかったんですね」

警察? と自分に問いかけるように思案顔をする。どうかしましたかと、すぐに問うた。

「あ、いえ。ご家族が荷物を引き取りにこられたとき、なんだか荒らされているみたいですよって引っ越し業者の人がいっていたような。警察を呼ぼうかみたいな話はされていたようですけど、結局、きませんでしたから」

昼間のことで、一階にいた女性の耳にそんな会話が入ったらしい。警察はこなかったのだから、単に散らかっていただけってことでしょうね、と肩をすくめた。

警察は呼ばなかったのか。死んだ春男の荷物を引き取るのは母親のより子しかいないが、亡くなってすぐには動けなかっただろう。そのあいだに誰か侵入した可能性もあるわけだ。一人で引き取りにはこられないだろうから、安西小町が一緒だったかもしれない。確認しておく必要があるなと胸の内で呟く。

女性に丁寧に礼をいって、野路はまたバイクで走り出す。春男のアパートから興信所まではすぐだった。利便性を考えての一人暮らしだったようだ。

興信所は駅の南側のオフィスビルにあった。北側はロータリーとなっていてバスやタクシーがひっきりなしに行き交うし、商業施設や会社が軒を連ねているから賑やかだ。反対の南側はまるで日向と日陰ほどに対照的な有様だった。車道は狭く、細い路地ばかりが縦横に延び、パチンコ店のほかは小さな飲み屋が並ぶ。そんななか、まるで灯台のように三角形をした背の高いビルがある。一階は喫茶店で、他はオフィスになっている。

道路に面した側の窓に、つくも興信所とでかでかと書かれているのを見つける。見上げている先で人の影が過った。やはり日曜日でも仕事をしているらしい。

時計を見て昼を少し回っているのを確認し、バイクを停められる場所を探した。その後、周辺をこっそり調べてみたが、刑事の姿は見えなかった。既に訊くだけのことは訊いたということか。

しばらくガードレールに尻を乗せてスマホを眺めていると、ビルから女性二人と少し年《とし》嵩《かさ》の男性一人のグループが出てくるのが見えた。見当をつけて声をかけてみる。うまい具合に興信所の人間だった。

竜内春男の名を出すと、興信所の所長だという男はやれやれといった顔で女性二人を先に行かせる。

「まだなにか？」

ライダースジャケット姿の野路に怪しむ風でもなく、渡した名刺をよく見ることもなかった。お陰で警務課教養係という文字に違和感を抱かれなかったのは幸いだった。

とはいえ、大して役に立ちそうな話はなかった。春男はさほど熱心な所員ではなく、どちらかといえばいつ辞めてもらっても困らない存在だったらしい。受け持っていた仕事はごく普通の素行調査や浮気調査ばかり。調べた内容をネタに、春男は強請りをしていたのではないかと訊いてみると、あからさまに嫌悪の表情を浮かべた。

「何度もいいましたけど、わたしは全く知らなかった。竜内が陰に隠れてなにをしていたかなど、ましてや強請りなんて、刑事さんにいわれるまで想像すらしなかった。だいたい警察は散々、事務所を調べ尽くしたくせに、まだそんなことというんですか。こっちも事件だというから協力しましたけど、あれから仕事も滞って大変だったんだ。いい加減にしてもらいたい」

事情聴取に加えて任意の捜索もあったのだ。刑事にあれこれ痛くもない腹を探られたせいでか、所長は相当頭にきていた。調査案件を全て明らかにするようねじ込まれたときは依頼人に無断でできないと突っぱねただろうが、それならと刑事は強引なやり方を取る場合がある。その際のことを思い出したのか、醜《みにく》く顔を歪めて怒りを滲ませた。

「手間を取らせてすみません」一応、謝る。やがて所長の表情に、なんで今さら同じことを訊くのだと、妙に思い始めた様子が見て取れたので野路は慌てて話を変えた。

「母親の住む実家のことなど会社で口にしたことはなかったですか。その点を訊き漏らしていたので、上司に確認してこいといわれたんです。申し訳ないですが」

「実家？」

「春男さんの母親の事件は聞いておられますよね」

所長は、軽く眉を顰《ひそ》めて頷く。事情聴取にきた刑事がどこまで話したかわからないが、野路が捜査員の一人であると思わせる意味もあってあえて口にした。

「母親の事件と春男さんがこちらで扱っていた調査業務とが関係あるのかどうか、今、調べているところでして」

所長は真顔になって、「まさか」と呟く。そして、「実家のことねぇ。さて、そんな話はなかったと思うけど。だいたい、彼は事務所で他の所員と和気あいあいとお喋りするタイプではなかったから」と首をひねる。

「でも、高齢の母親が一人で暮らしていたのだから、春男さんは気にしていたと思うんですよね」

「そういわれてもね。聞いたことがないんだからしようがない」と憮然とする。やがて暑いなぁ、とハンカチを取り出し、鬱陶しそうな表情のまま、額を拭い始めた。ふとその手を止めて、そうそう、と思い出したように目を上げる。

「なにか？」

「事務所の下の喫茶店から飲み物を出前してもらったとき、夏だったからかな、彼はレモネードを頼んだんですよ。でも、マズイっていうもんだから、みな怪訝な顔をしましたよ。あんなものにうまいもマズイもないでしょ。そうしたら、実家で獲れたレモンを使ったやつはもっとうまいっていったんですよ。竜内にしては珍しいことでしたね。それでレモンの木があるほど大きな庭があるのかって話になって」

野路はより子の家の前庭を思い出すが、どれがレモンの木なのかわからない。黄色い実を見た記憶がないから、裏の庭にあるのかもしれないが、そこまでは確認できていない。

「でも、それだけですよ。それ以上、彼はなにもいわなかったんで。ただ、まあ、そんな実家があるのになんでこんな仕事をするのかなとは思いましたけど」

野路は他に尋ねることも思いつかず、訊きたいことは全て捜査員が訊いているだろうからまた落合を揺さぶってみればいいかと考える。礼をいって、昼食に向かう男を見送った。

腹が減ったので、野路もきょろきょろと店を探す。立ち飲み屋なのか暖簾《のれん》を垂らした奥にカウンターだけある店を見つけた。近づいて覗くと、昼間は豚汁《とんじる》とおにぎりを出しているということで、そこで立ったままかき込んだ。

グラスの水を飲み干したあと店を出、ガードレールにもたれてスマホをいじっていると、通りの先に見覚えのある姿が目に入った。先ほど、所長らと一緒に昼食に出てきた女性の一人だ。他の二人と別れてなにか買い物でもしていたのだろう、ぶらぶらとこちらに近づいてくる。野路は声をかけてみた。

女性は軽く目を開いたが、所長と話していたのを見ているせいか別に怪しむことなく、足を止めてくれた。同じことを尋ねてみたが、春男のことはよく知らないのひと言だ。そのいい方からして嫌っていたことがわかる。事務所では不愛想だったらしいが、なにか失礼なことでもしたのだろうか。そう思って尋ねると、女性は片方の肩だけすくめるようにして、「死んだ人のことは悪くいいたくないけど、なんだか良くない感じがしていたから」という。

「良くないこと？」

どんな？　と訊くが、女性は口ごもる。自分が喋ることで事務所がまた面倒に巻き込まれるのではと恐れている風だった。野路はしばし考え、失礼だけど年齢を尋ねていいかといった。女性は目をぱちぱちさせて、「二十八ですけど」という。

「そう。俺は三十二歳で、同じ年の彼女が介護ヘルパーをしている。給料は——」と適当なことをいった。時給はわかるからそれほど大きく外してはいないと思う。

「君の給料がいくらかは知らないけれど、その年齢ならまだ他の、今よりいい仕事を見つけられると思う。興信所の仕事が悪いとはいわないが、良くないことをしている人の側にいるのはこの先、君にとってなにひとつ良いことにならないだろう」

暗に転職を勧める。だから、今の職場に義理堅い真似をする必要はないといっているも同然だ。女性は勘良く、野路のいわんとしていることを察してくれて、そうですよね、と呟いた。そして、春男は調べたことをネタに強請りの真似をしていたらしいと教えてくれた。

「はっきりそうだと知ったわけではないですけど」

「たとえば浮気調査をして証拠写真など入手したけど、対象者には内緒にしておく代わりに金をもらう、というようなこと？」

「ああ、そうですね。そんな感じ」

所長への報告書に、該当なし、の文言を何度か見たそうだ。春男が持ち帰った証拠やメモを元に、ワードやエクセルを使って依頼人に渡す書類を作るのが、この女性の仕事らしい。

「相談にくる人ってある程度予想してってていうか、わかっていて証拠を手に入れようと依頼しにきているから、不発に終わるというのは少ないんですよね」

だけど春男が担当した案件では、しばしばそういう結果があったという。所長も妙だなとは思っている風だったが、時折、春男と飲みに行くのを見ていたから、なんとなく知っていてスルーしているのかなと、女性は疑っていた。

なるほど。所長には分け前のようにして酒や女を奢っていたのだろう。春男も春男だが所長もそれなりの人物で、さっき全く知らなかったといったのは嘘だということだ。とんだ狸オヤジだと舌打ちする代わりに唇を噛んだ。

「それでお宅の事務所なんだが、津賀市駅前の開発業者とか不動産会社とかが対象になった相談ってなかったかな？」

「へ。会社ですか？　うちはそんな堅い仕事は滅多にないから」

「そう。大喜多土木とか住宅環境公社とかは聞いたことがない？」

他にもいくつか開発に関わっている業者の名を並べた。女性は首を振る。

「丹波とか」

あら、という目をした。

「なに？　丹波という名前に心当たりが？」

「たぶん。事務所で竜内さんがスマホで電話をしていたとき、そんなことをいった気がする」

地名だと思ったから旅行にでも行くのかと思った、といった。

「他になにかおかしなことはなかった？　たとえば事務所が空き巣に入られたとか、ドアの鍵が壊されていたとか」

女性はため息を吐く。

「そういうの、たまにだけどあるんです。所長は対象者とかに質《たち》の悪いのがいると、乱暴な真似をするのもいるからって」

「だから警察にも届けず、放っておいた？」

「あれこれ調べられる方が嫌みたい。他の刑事さんにも、なにもおかしなことはないって、いい通していました」

「ちなみに竜内春男が亡くなったあとにも、そういうことあったかな」

女性は、うーんと目を宙に浮かせ、ゆるゆる頷く。

「四か月前ですよね。あったと思う」

別れ際にもう一度、一日でも早く他の仕事を探すように勧める。女性はにっこり笑い、そうしますと答えてくれた。

18

七月の中旬を過ぎれば真夏といっていい。今年の梅雨は空《から》梅雨で、もう十日余り雨がないから、余計そう思える。いや、もう梅雨明けはしたのだったか。

十七日の月曜日は海の日で休日だ。せっかくの休みだが朝から曇り空で、梅雨の名残のような雨の気配が満ちていた。久々の雨かと思い、野路は洗濯物を早めに取り込んで、夕食の買い出しに行こうと外に出た。時刻は六時前で湿度が高いせいか、暑さが肌に粘りつく。

バイクに跨ったところでスマホが鳴った。画面を見ると友枝だった。

「どうした」

「野路主任、今、僕、丹波和範を追跡しています」

「なんだと」

『ようは証拠ですよね。決め手になる証拠があればいいんですね』

そういっていた友枝の顔を見て嫌な予感がしたが、どうやら的中したらしい。

しかし、丹波の家は捜査員が張り込んでいるのではないか。そういうと、友枝は鼻を鳴らす。

「丹波は自宅以外にも駐車場を借りているんです」

昨日、両親と一緒に夕食を摂っているときに耳にしたのだという。友枝がなにげに丹波のことを口にしたら、母親が喜んで近所のネットワークで得た情報をあれこれ披瀝《ひれき》し始めたらしい。久しぶりに食卓で息子と話をするのが嬉しかったのだろう。

「特に、自分よりランクの高い暮らしをする人種には興味がある人なんで」と、そんな母親を辛辣《しんらつ》に批判する。ともかく、自宅に二台も車がありながら、最近、もう一台購入したらしいという。いずれ自宅を改修してガレージを大きくするらしいが、それまで少し離れた月極めの駐車場を借りた。そのことを知った友枝は、今日、その車を見に行ったのだ。

黒のレクサスだったが、新車をよくこんなところに放っておくなと眺めていたら、そこに丹波の妻が車で乗りつけた。見ていると後部座席から丹波らしい男性が降りてくるではないか。そして周囲を気にしながらレクサスに乗り込んで、出庫しようとした。

「なんだか人目を避けるような感じだったので、気になって」と友枝はいう。

叱りつける言葉を呑み込み、今どこだと怒鳴った。津賀市内を抜けて県境に向かっています、このまま隣県に入るようですという。

「お前、車なのか」

「タクシーです。どこに行くのか尾行して確かめてみます」

なにが尾行だ、と喚《わめ》きたいが今は時間が惜しい。イヤホンを装着すると、すぐにアクセルを回した。

「いいか、スマホはずっと繋いでおけ。丹波がどこで車を停めたにしても、お前は停まらずそのままタクシーで戻れ。いいな」

「はあ」と気のない返事。

大きく舌打ちしつつ、連絡してくる状況を聞きながらスピードを上げる。休日の夕方だから、道路は市内へと向かう方向が渋滞し始めていた。反対に出て行く方はすんなりと走れる。オービスや白バイに引っ掛からない程度に県道を突っ走った。

ふいに音声が途切れた。「友枝、友枝」何度も呼ぶが応答がない。県境は山越えルートになるから圏外になる箇所がある。そのせいだと思いながらも、夏の暑さでない嫌な汗が背中を流れるのを感じた。

丹波はどこに向かっているのか。脳裏に、昨日の工事現場でのやり取りが浮かぶ。

『大喜多さん、今度は別の店にしてよ。この辺はちょっとね』

『はいはい、もちろんです。少し離れていますが、綺麗どころが揃っているいいとこがありますので』

住宅環境公社の幹部と開発業者が酒を酌《く》み交わすにしても、津賀市内は避けるだろう。ましてや金のやり取りなど人のいないところが望ましい。丹波が一人であること、ヘタにタクシーや業者の車を使っていないことがそれを裏付けている気がした。

野路は、素早い進路変更と細かなアクセルワークを駆使し、前を行く車両のあいだをすり抜けてゆく。

やがてイヤホンから友枝の声がした。今どこだ、と訊くと隣県の山奥にある市のゴミ処理場施設に間もなく着くという。野路は路肩に一旦停まるとスマホで検索し、ハンドルの上にセットしてルート画面を出した。すぐにエンジンを噴かし、スピードを上げる。

「今、丹波が処理場の門の前に車を停めて降りました」

「わかった。お前はもうもど」

ふいに切れた。野路は思わず、くそっ友枝のやつっ、と喚いていた。すぐにアクセルをフルスロットルにする。こうなったらオービスなど構っていられない。休日だからといって白バイがいないわけではないが、それでも平日よりは少ない筈だ。特に夜ともなれば出るのを控える。その代わり、覆面パトカーがいるかもしれないが。

車のブレーキランプが眩しく見え始め、道路の街灯が明るく輝き出した。

処理場に向かう道を見つけてライトをアップにする。途中まではアスファルトだったが、何度もカーブを曲がっているとやがて舗装されていない坂道に変わった。両側に深い鬱蒼《うっそう》とした林が続いたが、更に進むとふいに樹々が消えて、代わりに巨大な建物の影が現れた。

三階ほどの高さのある四角い建物がいくつも並び、奥には天を突くように伸びる太い煙突が見える。周囲は網目フェンスで囲まれ、正面に鉄製の門があった。バイクを停めて近づくが、休日なので鍵がかけられていて奥に人の気配はない。

周囲を見渡すが、丹波の車もタクシーも見当たらない。野路はバイクから懐中電灯を取り出し地面を照らした。砂地の地面で新しいタイヤ痕《こん》が確認できる。門の前で停まり、方向転換しているのがわかる。少し戻ってカーブの辺りを見ると、ここにも車のタイヤ痕があってUターンした形跡がある。恐らくタクシーのものだろう。それに友枝が乗ってくれていたら問題ないのだが、スマホに応答がないのが気にかかる。

風が起き、周囲に葉擦れの音が響き渡った。ゴミ処理場を囲むフェンスのところどころに街灯が設置されているが間隔が広く、灯りの周辺しか見えない。風に乗って声が聞こえた気がした。

なんだろうと耳を澄ませる暇を惜しんで、野路はバイクに取りつき、風の吹く方向へと走り出した。フェンス沿いに処理場の裏側へと回り込む。道は狭まり、樹々の枝が車体や野路のヘルメットを打つが気にせず進む。

やがて真裏に少し開けた空き地が現れた。処理場を拡張するために造成しているのかもしれない。ライトで照らした先に人影が走った気がした。バイクを停めてエンジンを切ると、友枝っと叫んだ。

なにかが動きを止める気配がした。一人二人ではない。エンジン音も微かに聞こえる。車だけでなく、バイクもあるようだ。再びエンジンをかけようとしたとき、左手の暗がりから、「野地主任っ」と悲痛な声が聞こえた。

すぐにエンジンをかけ、声の方に走り出す。やがて林立する樹々のあいだに友枝の顔が見えた。周囲にマスクをした若い男らが、鉄パイプや棍棒《こんぼう》を持って取り囲んでいるのがわかった。エンジンを噴かし、ギアを上げる。竹や太い木は避け、細い枝を張った低木にぶつかりながら突っ込む。数人の男らが仰《の》け反《ぞ》るようにして逃げ回る。すぐに前輪ブレーキを軽くかけ、足で後輪ブレーキを思い切り踏み込み、バイクの尻を振って近づいてくる男をなぎ払う。そのまま、木の幹にしがみつく友枝のところまで走り寄り、「早く乗れ」と怒鳴った。友枝は泣きそうな表情のまま、よろよろと野路の体にしがみつき、そのまま足を回して後部に跨る。

「摑まっていろっ」

アクセルを回すと同時に、どこからか車やバイクのエンジン音が轟《とどろ》いた。散らばっていた男らがひとつところを目指して駆け出す。どうやら向こうも車両に乗り込む気らしい。

それならと、野路は体を低くし林のなかを突っ走る。後ろで、友枝が悲鳴を上げるが構っていられない。とにかくじっとしがみついていてくれ、と願う。

ゴミ処理場施設の正面まで戻り、そのまま坂を一気に下る。後ろから怒号と共に、いくつものヘッドライトが追ってくる。車が一台とバイクが数台だ。坂のカーブを懸命に曲がるが、後ろに人がいる分、鋭角に切れない。そのロスのせいで、一台のバイクに追いつかれた。エンジン音から排気量の大きいものだとしれる。だが、細かな砂を撒いたような道ではその大きさが仇《あだ》となる。幅寄せしてくるのを躱《かわ》しながら、ゆるいカーブの手前でブレーキをかけ、バイクを先にやり過ごす。慌てて敵も速度を落とすが、無理なブレーキ操作をしたため、タイヤが滑ってふらついた。

野路はそのまま進んで大型バイクの横に並ぶと幅寄せし、もたついているところに足を伸ばす。勢い良くライダーの脚を蹴りつけると、動揺したのか、ハンドルを切り過ぎてカーブ際でバランスを崩した。アクセルを回して立て直そうとするが、砂地に滑った上、バイクの重さが山の路肩のもろい部分を刺激した。元に戻せないと気づいたライダーはバイクから飛び降りると、地面に転がる。バイクはそのままずるずる斜面に呑み込まれて行った。

暗い森の奥でバイクがどうなったのか確認することなく、野路は再びアクセルを回した。仲間の何人かがカーブで停まって、倒れているライダーを起こしているのがミラーで確認できたが、二台のバイクが構わず追ってくる。

坂道を下り切り、アスファルトの広い道路へと出た。二台のバイクがホーンを鳴らしながらスピードを上げる。後部にも仲間が乗っていて、細長い武器を振り回していた。追いつかれたなら攻撃され、最悪、転倒して大怪我を負う。野路は顎から首へ冷や汗を垂らしながら速度を上げた。

他に車両がなく、中央分離帯の向こうにも車のライトは見えない。二車線道路の真ん中を突っ走るが、すぐに敵の二台に追いつかれた。あいだに挟まれた状態で並走する。敵が鉄パイプを振り回してくるのに、友枝が悲鳴を上げた。右手からの攻撃に思わず頭を下げて躱すと、すぐに左手から次の鉄パイプが襲う。このままでは危ないと、野路は意を決しフルスロットルにする。スピードを上げたことで少し距離が開いたが、すぐに追いついてきた。分離帯にある反射板が点々と左へと流れるのが見える。カーブが迫っているのを確認し、「友枝、俺にしがみついて石になれ」と怒鳴る。一瞬の間があって、友枝が腰に手を回して力いっぱいしがみついてきたのがわかった。

カーブに入る手前で、野路は回し切っていたアクセルを思い切り戻し、フルブレーキングをかける。ぎゅんと前のタイヤが沈み込むのを感じる。フロントフォークが揺れるのを握り込んだグリップと共に脇を締め、タンクを挟む太ももに力を入れて押さえる。前面に感じていた風が逆に後ろから押してくる。アスファルトの路面をしっかり摑んだままタイヤが回転を止め、野路の体が友枝ごと静止した。車体はまっすぐなままで停まり、左右の足を地面に突いて支える。両側を走っていた二台のバイクが慌ててブレーキをかけるが、もうカーブに入っている。間に合わず一台が車体を横倒しにしたまま、中央分離帯にぶつかる。もう一台がそれを見てハンドル操作を誤り、動揺した後部の人間に揺さぶられ、こちらも転倒して路面を滑った。

野路は倒れたバイクの側に行くが、後ろから車のヘッドライトが近づいてくるのに気づき、慌ててギアを入れる。人が這い出してくるのを確認して、アクセルを回した。ミラーで後方を見やると、二台のバイクの横に車が停まって怪我人を回収しているのが見えた。走りながらスマホを操作し、一一〇番する。救急車の手配も、念のため頼む。

角を曲がると、友枝の自宅に灯りが点っているのが見えた。門扉前まで送り、友枝を降ろす。途中で被らせたヘルメットを返してもらい、野路はエンジンをかけたまま友枝を見つめた。友枝の顔は紅潮し、雨に濡れたように汗まみれだ。目をぎらつかせ、酷く興奮している。襲われた恐怖にそこから逃げ切った安堵もあって、感情が千々《ちぢ》に乱れているのだろう。

「す、凄かった。助かって、良かったぁ。怖かったけど、でも僕、凄い経験をしましたよね。きっと一生忘れない」などジェットコースターに初めて乗った子どものようなことをいい募る。野路が黙り込んでいるのに気づいたのか、慌てて殊勝な顔を作って頭を下げた。あれこれいい訳を始めようとするのを止めて、「友枝、ちょっと」と人差し指をくいくい曲げて招く。

「はい」

そうして一歩近づいて顔を寄せてきたところを狙いすまし、野路は手袋をした右手を拳に変えて、頬に一発入れた。友枝は、短い悲鳴を上げて後ろに仰け反るとそのまま尻もちをつく。頬に手を当てたまま野路を見上げるが、無視してバイクを出した。

途中で電話を入れていたので、落合は欠伸を嚙み殺しながらファミレスで待っていた。自動扉を潜ってすぐに手を挙げると、落合は半眼にして睨みつけてきた。まるで殴られているような痛みを野路は感じた。

19

翌日の火曜日。

出勤するなり、野路は捜査本部でなく二階の刑事課に呼び出された。階段を上ってドアを叩く。返事があったのでなかに入って捜査一係の島のある方に目をやるが、みな捜査本部に上がっているのか姿がない。代わりに最奥《さいおう》の刑事課長席の前で手招きしているのが見えた。そこに一係の係長と主任が立っていて、他の係の刑事らが息を詰めるようにして遠巻きに目を向けている。

野路は腹に力を入れ、挨拶しながら奥に進む。係長が脇に避けて、木之瀬刑事課長の洋ナシのような顔が現れる。問うまでもなく、不機嫌さ満載だ。

その場で直立し、頭を下げる。ヘタにいい訳するより、黙って頭を低くしておく方がいいと判断した。

木之瀬が立ち上がる気配がした。係長と主任を脇にどかして、すぐ側までくると、野路よ、と呼びかける。

「貴様、なに様のつもりだ」

黙っている。どんな答えをしても、非難されることには違いないのだ。

「姫野や運転センターでは大したご活躍だったから、うちのヤマでも手を貸してやろうってか」

黙っていることで余計苛立ちが増したらしい。木之瀬の気配を察した係長が落ち着かなげに、「野路、なんとかいえ」といってくる。そうなると仕方がない。頭を上げて、「申し訳ありません。出過ぎた真似をしました」といった。

「出過ぎた真似だぁ？　わしはどういうつもりで、捜査本部の事件にその面《つら》を突っ込んでくるんだと訊いている。え？　警務課教養係の巡査部長さんよ。また県警の英雄にでもなりたいか。今度は白バイでなく、名探偵気取りで活躍しようとでも考えているのか。お前、後輩を死なせた事故で指を怪我したんだろうが。そのせいで拳銃も握れなくなって、白バイのときのお情けで残してもらっているんじゃないのか。どの面下げて、したり顔でしゃしゃり出てくる」そして一拍置いたあと、すうと息を吸うと、木之瀬は洋ナシ顔を真っ赤にして一気に吐き出した。

「刑事捜査はお遊びでやってんじゃねぇっ」

細身の体からは想像できないほどの怒号が響き渡り、すぐ側にいた主任が軽く仰け反る。目の端に、他の係の若い捜査員が机の角に体をぶつけながら部屋の出口へ向かうのが見えた。何人かいる係長がみなパソコンの画面を見つつ、頭を掻いている。その近くで主任らは必死で無表情を作り、意味なく書類を繰っていた。

もう一度、申し訳ありません、と頭を下げる。

木之瀬の荒い鼻息がすぐ側で聞こえる。

三階の捜査本部ではなく、この刑事課の部屋に野路を呼び出したのは、このひと言のためではないだろう。

昨日、落合を呼び出してことの顚末《てんまつ》を話し、事件を引き継いだ。

恐らく、すぐに捜査員を招集、会議で共有し、友枝を襲撃した連中の捜索が始まった筈だ。野路が一一〇番したのでパトカーが襲撃現場に殺到したが、誰一人見つからなかったとあとで落合から聞いた。ただ、坂道の斜面を転げ落ちたバイクだけはさすがに回収できず残っていたらしい。

捜査本部では、住宅環境公社の丹波和範への聴取も始めただろう。

落合は、事件の裏に丹波と業者との癒着があるという筋には懐疑的だったが、それでも、『まずいことになったな』と難しい顔をした。友枝の尾行が気づかれたということは、捜査本部が丹波らに目をつけていることを知らしめたに等しい。より子の事件が起きてから不穏な気配を察して自重していた節はあったが、これで敵は本格的に証拠隠滅に動くだろう。業者との接触も、この先まずない。捜査本部にしてみれば、厄介なことしてくれたのひと言で、捜査方針も一から改めなくてはならない。

そんな真似を引き起こした野路の責任を追及するのに、刑事課長自らが名乗りを上げたのだ。そしてそれを捜査本部でなく、刑事課で行った。それらは全て所轄刑事課長としての立場ゆえだ。本部の捜査を邪魔したのが、自分の所轄のいち教養係と新米地域警官ということで津賀署自体が笑われ、ひいてはそこの刑事課をまとめる己が笑われたも同然。捜査一課の前で叱れば叱るほど恥の上塗りになるだろうし、また、古手の落合が野路と親しいことで庇われても無視されてもやりにくい。指揮を執る管理官にきっちり絞めときますとでも約して、捜査本部を出たのではないか。刑事課長ともあろう者が、警務の巡査部長や地域巡査の不始末の責任を取らされるなど、怒り心頭を通り越して憤死ものだ。追随した係長も主任もずっと顔を引きつらせたままで、どうやって収めればいいか皆目わからないという顔をしている。

「その引き籠もりの警官を今すぐここに連れてこい」

「え」

野路は思わず顔を上げて木之瀬を見る。

「しでかしたことの責任を取るのは当たり前だろうが。お前一人なぶっても意味がない。不始末の発端である人間をここに連れてきて、きっちり本人からことの顚末を聞くのが筋だろう。それが警察官の役目だ。違うか」

「はい、ですが友枝はいまだ情緒不安定で」

「やかましいわっ」課長の怒声で窓のガラスが細かに揺れた。「どこに刑事の真似して、事件現場付近を聞き込みしたり、被疑者をタクシーで尾行したりする情緒不安定な警官がいる。わしをバカにするのもいい加減にしろっ」

八方ふさがりだと野路は唇を噛んだ。木之瀬のいうことはもっともだ。だいたい事件のことを友枝に告げ、少しは外に出るきっかけになるかと捜査の真似事を提案したのは野路だ。だから責任は全て自分一人にある。だが、そういっても課長は納得するまい。

責任は責任として取らねばならないが、今、友枝を部屋から引きずり出してこの木之瀬の前に連れてきたなら、恐らくもう二度と警察官として戻ってはこられないだろう。警察官を辞めるのは仕方がないとしても、傷つきやすく敏感な友枝の性格がどれほどの打撃を受けるのか想像ができない。なんとか自分一人で収められないだろうか。

「わたしが友枝からなにもかも全て聴取してきます。ですから」

「辞めるんだな」

「は？」

「警察官としての職分を果たさず、捜査を混乱させたまま知らん顔で、この先、どう警官を続けるっていうんだ。その友枝がやっていることは免職に値する。今すぐ捜査本部に出頭しないなら、すぐに辞表を書け。野路、お前が今からいって書かせてこい。そうして警官でなくなったら、うちの捜査員を向かわせて任同をかける。逆らうなら逮捕状を取ってやる」

「そんな無茶な」

「なにが無茶だ。それが嫌なら、今すぐ連れてこいっ、そうでないと」

「おーい、どこのどいつだぁ？」

いきなり間延びした声が割り込んできた。

「人の仕事も自分の仕事もわからず、手当たり次第に口を挟んでいる大間抜けがいるって聞いたが、どこにいるぅ？」

ぎょっとした。野路だけでなく、係長も主任もそして木之瀬も。目を左右に振ると、他の係員が全員出入口を向いている。振り返ってみると、開け放したドアのところに、呉本警務課長の姿があった。

「おいおい、木之瀬さんよ。なんか勘違いしていないか。友枝の件は警務課案件だ。いち刑事が口を出せることじゃないんだがな」

「黙れ、呉本。誰がいち刑事だ。役立たずの警務課は引っ込んでろ。これは捜査本部の事件だ」

「それがなんんだ。被疑者を捕まえられないからって、新人警官に責任を押しつけようなんぞ、情けないを通り越して笑えるぞ。なあ、なあ、本当にこのお方は県の最大規模署である津賀警察署の刑事課長なのかね？　バッタもんなんじゃねえのか」

そう呉本に尋ねられた三係の巡査長は硬直したまま、視線を遠いところに飛ばしている。

木之瀬が席を離れて、呉本に迫る。係長と主任が慌てて追いすがり、野路は逆に離れて壁際まで避難する。見れば他の係員も席を立って、窓際まで下がっていた。

二人は五センチのあいだを開けて顔を突き合わせ、唾を飛ばし合う。その五センチの隙間に係長と主任が入り込もうと必死でもがく。戸口を見ると、沼が青い顔をして様子を窺っていた。恐らく警務課のみんなに止めに行けといわれたのだろうが、沼一人でどうにかなるものではない。

「だいたい事件が起きて、どんだけ日にちが経っていると思ってんだ。もうひと月になるじゃないか。やいやいうるさく訊いてくるマスコミに弁解しなくちゃならんこっちの立場を考えたことがあるのか」

「それがなんだ。お前らの仕事だろうが。事件のじの字も知らん事務屋がガタガタいうな」

「その事務屋のいるお陰で仕事ができているってこと忘れてやいないか。もっとも、箸にも棒にもかからん刑事をいくら寄せ集めても、事件は片付かんだろうがね」

このまま継続捜査入りになるんじゃないのか、とわざとらしく係長に尋ねる。係長は滅相もないと必死で首を振る。

「わしがいる津賀でそんな真似はさせん。つまらんいいがかりをつけている暇があったら、大人しく一階で茶でも飲んでおけ」

「あんたこそ、こんなとこでぐだぐだ弱音を吐いている暇があったら、聞き込みのひとつでも行ってきたらどうだ。ちょっとはその貧相な体がマシになるかもしれんぞ」

「やかましい。太鼓腹のお前にいわれたくないわ」

「腹は出ていない。貫禄があるだけだ。お宅と違ってな」

まるで子どもの喧嘩だが、本人らは真剣だ。係長と主任がなんとか押さえているから最悪なことにまではなっていないが、このままでは埒が明かない。野路は仕方なく、スマホで落合を呼び出し、短く頼む。間もなく内線電話が入って、刑事の一人が、「課長、捜査会議が始まるそうですが」と声を張った。

木之瀬は呉本を睨むが、もう怒鳴ることはしない。まるで十キロマラソンをしたあとのように顔を真っ赤にし、肩で息をしながら距離を取った。呉本も同じような有様だが、さすがにここが引き際と判断したらしい。

それから二人のあいだで短いやり取りがあって、木之瀬は係長と主任を連れて部屋を出て行った。部屋全体が、ほっと安堵の息を吐くのが感じられた。

呉本の顔が野路のすぐ側まで迫った。

「は、はい?」

「いいか、野路。これが最後通牒《つうちょう》だ。友枝に地域に戻るようにいえ。それができないなら辞めてもらう。二つにひとつだ。いいな」

「あ、でも」

呉本はぷいと背を向け、足音を重く響かせて部屋を出る。そのあとを沼が小走りについて行くのが見えた。野路は長い息を漏らした。どうやら木之瀬とその線ですり合わせたらしい。互いが譲歩できるところはして、通すところは通す。仲が悪いとはいっても、二人は津賀署の課長だ。反発し合っていては仕事にならない。

友枝が地域警官に戻れば、捜査本部の聴取にも応じないわけにはいかない。出署した限りは、体調不良という いい訳も通じない。それができないのなら、警官の職を続けるのは無理と判断する、ということだ。警務課案件だと木之瀬の手前いったが、いい加減、呉本も持て余しているのはこのあいだの道端との会話でも十分しれる。どんな形でもいいから、そろそろ決着をつけたいのだ。

落合に電話してもらった礼をＬＩＮＥで送り、野路は一階に下りた。呉本の姿が見えなかったので、道端の席に近づく。

「係長ですか、課長を刑事課に行くよう煽《あお》ったのは」

道端が、にっと笑う。「木之瀬課長がうちの案件に首を突っ込もうとしていますよって、いっただけさ」

「そうですか。助かりました」

「まあでも、友枝のことは聞いたよ。そろそろ限界みたいだな」

「はい。ある意味仕方ないと思っています。それで、今から行ってきていいでしょうか」

「うん、いいよ」

いい返事を待っているよ、と気楽に手を振ってくれた。

意外にも、友枝は動揺しなかった。

地域に戻るか、辞めるかどちらかしかないようだと野路が告げると、「そうですか」とだけ答えて黙り込んだ。

野路自身、朝から叱責され、身心ともに疲れていたので、出されたアイスコーヒーを飲みながらぼんやりする。しばらくしてなにかが聞こえた気がした。

「え。なんだ、なにかいったか」

ベッドに腰掛けた友枝が視線をこちらに向けている。

「戻りますっていったんですけど」

「そうか。仕方ない、え?」

野路は慌ててグラスをテーブルに戻す。

「え。戻るのか。津賀署の地域にか?」

友枝が苦笑する。「他にありませんけど」

「いいのか、本当に。大丈夫なのか」

友枝はこっくりと頷く。

「戻ったなら、捜査本部から呼び出されるぞ。色々、訊かれて、その、叱責もされるかもしれん」

「わかっています」

もう一度、大丈夫なのかと訊く。友枝は、指先で頬を擦り、「まさか署のなかで殴られるということはないですよね」という。

昨日、野路がたまらず殴ったあとが少しだが青くなっていた。手袋をしたままだったから、それほどの威力はなかった筈だが、色が白いせいで内出血が目立つのだ。

「それはそうだろうが」

「その代わりなんですが」

「なんだ」

「当務明けと非番のときだけでもいいので、捜査を続けたいんです」

「それは駄目だ」

「もちろん、もう勝手な真似はしません。野路主任のいう通りに行動します」

「俺もするのか?」

「このまま手を引くことができるんですか、野路主任は」

うーん、と腕組みをする。安西小町の細い肩がちらつき、ゆず葉の涙で滲んだ目が浮かんだ。

「僕、あれから色々考えたんですけど」

仕事をしていない友枝には時間はたっぷりあるだろう。

「なんだ」

「丹波と業者が癒着して、そのことを竜内春男に知られて強請られた。その証拠となるものを春男から奪うために追い回し、ついには事故に見せかけて殺したのかもしれない。けれど肝心の証拠が見つからず、今度は母親である竜内より子を襲った。捜査本部はそんな風に考えているんですよね」

「恐らくな」

「でも、そんなことで人を殺すでしょうか」

「どうだろうな。丹波はともかく、土建業者のなかには良くない連中と繋がりのある者もいる。お前を襲った反社か半グレのような輩がいるってことだ。乱暴なことをするのを躊躇うやつらじゃない」

「そうかもしれません。ですが、相手は八十五歳の老人です。なにかを聞き出すのなら土鍋で襲うのは非現実的だと思います。あんなもので殴ったなら死んでしまうのは目に見えている」

「問い詰めても春男から預かったものなどないといい張ったか、本当に知らなかったか。認知症の症状が出ていたなら、まともに話が通じなかった可能性もある。それにキレた連中があとさき考えず殴りつけた、とか」

「そうかもしれません。でも、どうしてあの晩なんでしょう」

「どういう意味だ」

「竜内より子が安西さんを呼びつけたのは月曜日の夜ですよね」

「そうだ」

小町は、十一時過ぎに電話で呼び出されたといった。その後、コンビニのATMで入金し、店を出たのが十一時五十三分だと落合は教えてくれた。それからより子の家に寄って銀行のカードを渡したのだ。友枝は徒歩で行ったから十五分くらいかかったが、小町は自転車だからもう少し早く戻れただろう。

「それでも十二時は過ぎますよね。だとすれば犯人はそれから半時間もしないうちに襲撃して殺害したということになりませんか」

「庭に侵入し、縁側から忍び込んでより子を問い詰めたとしても、殺害まで十分もなかったかもしれないな」と野路もさすがに首を傾げた。

そんな短時間で見つけるのを諦めたのだろうか。認知症だとわかったから無駄だと思った？　だが、直前まで小町相手により子は正常なやり取りをしていたのだ。

「犯人は竜内家をその前から見張っていた可能性があります」

「ああ。だから小町が帰ったあとを狙いすまして襲った」

「なぜ、そんな無理をしたんでしょう。夜中に人が訪ねてきたあとですよ。また戻ってくるかもしれないじゃないですか。僕なら日を改めます」

「う」

「犯人は証拠の品を見つけたかったんですよね。なのになんで簡単に殺したんでしょう。殺害現場となれば警察が虱潰《しらみつぶ》しに調べるし、しばらくは誰も近づけなくなる」

「見つかっても大した証拠にならないものだった、とか」

いや違う。その程度のものなら、春男はそれをネタに強請りをかけることはなかっただろう。野路は思いついてスマホで落合に連絡を取った。切ったあと友枝に、「竜内春男の事故死の件は、正式に再捜査することになったそうだ」と告げる。

春男が誰かに追われて逃げていたかどうか、これではっきりするだろう。

「まだ腑に落ちないところがあるな」

そう呟いてから、はっとする。これではまだ調べる必要があるといったも同然だ。しまったと思って目を上げると、友枝の小さく何度も頷く顔があった。

20

二係が日勤の金曜日、友枝蒼は出勤してきた。

気にはなったが、野路が顔を出せば余計にややこしくなるから、一階で仕事を続けていた。

昼前、地域課長が下りてきて、警務課長と一緒に署長室に入って行った。十分もせずに出てきたが、地域課長の安堵した様子に、野路と道端は思わず視線を交わして小さく息を吐く。

呉本が警務課の係長らを集め、今後の指示を出す。席に戻ってきた道端が、「取りあえず、友枝は日勤に就かせるそうだ。当務はその様子を見てから組み込むことにするってさ」と教えてくれる。地域課長がいうには捜査本部への顔出しもすみ、友枝は無事に交番に向かったということだった。日勤とは朝出勤して夕方退庁する、野路ら内勤者と同じ勤務時間になる。

「三階で厳しいことといわれなかったんでしょうか」と野路。

「まあねぇ。地域課長が一緒に出向いたそうだから。さすがに課長の手前、無理《む り》無体《む たい》はできんだろうさ」

「はあ」まるで教室に初めて入る子どもの付き添いだ。結局、叱られたのは野路一人で、なんだか損をした気になる。

「ともかく、お前もお役御免となったんだからよしとしような」野路の不服そうな顔を見て道端が肩を叩く。隣から沼が、「仕事、結構溜まってますよ」と余計なひと言を足した。

道端は、もう全て片付いたような顔つきだが、野路にしてみれば、友枝が日勤になったと聞かされて背中が重くなった気がする。遅くても六時ごろには署を出られるのだから、それ以降は友枝にしてみれば捜査の時間となるわけだ。

当直明けの土曜日さっそく、自宅で待っています、と友枝からＬＩＮＥが入る。よほど既読スルーにしようかと思ったが、放っておくとまた一人で行動しかねない。どうしてこまでのめり込むのか理解に苦しむ。

新人警官に呼び出される体《てい》で、当直明けの疲れた身体を引きずって、野路は友枝の家を訪ねる。部屋で寛《くつろ》ぐ顔を見た途端、苛立つ気持ちが湧いて、いったいお前はなにがしたい、刑事にでもなりたいのか、と怒鳴るようにいってしまった。友枝はきょとんとした顔で、「野路主任も姫野署や運転免許センターで刑事顔負けの活躍をしたと聞きました」という。

あのときの野路と同じだとでもいいたいのか。更にむっとした顔をすると、友枝は慌てて視線を床に落とし、思いを決めたように口調を強くした。

「部署や階級とか関係なく、野路主任は誰かのために一生懸命になっただけなんですよね。そして今もそうなんですよね？」

「それだけじゃない」

うん、と頷く。「警察官だからですよね」

友枝は顔を上げ、野路の顔を見つめる。

「僕もそんな気持ちになれるだろうかと、いえ、ならなくちゃいけないと思っています」

この仕事を続けるためには、とまた目を伏せた。そんな友枝の青くなった頰を見ているうち、ゆず葉にいったことを思い出す。

『――大した人間でもない若造の俺がそんな真似をするのは、ひとえに俺が警察官だからだ。ゆず葉のような人間を守って、平穏な人生を送れるようにするのが仕事だ。そのために努力し、頑張ろうと思っている。だから嫌がられるとわかっていても、どれほど疎ましがられてもいい続ける』そうすることに刑事も警務も関係ない。警察官だからだ。

あのときの野路と同じ気持ちを今、この新人警官も抱きつつあると信じたい。その思いに押され、野路なりに覚悟を決めた。

「もう丹波の周辺をうろつくことはできないぞ」

捜査本部に二課が加わって、贈収賄の捜査も並行して始めることになっている。

友枝は真顔で、わかっています、と答えた。自分のしたことで、どれほど捜査本部に迷惑をかけたのかくらいは理解できているらしい。

「僕を襲った連中のことはなにかわかりましたか」

「ああ、あれな」

野路は襲撃事件の起きた夜、落合を呼び出して捜査本部に話を通してもらった。その礼もあって一昨日、飲みに誘った。いつ事件が動くかしれないから深酒はできない。落合は不満そうにいいながらも、ビールのジョッキを呷った。

その際、襲った連中の捜査はどうなっているのか尋ねてみた。

『パトカーや救急車が着く前にトンズラしたのは当然としても、ご丁寧に壊れたバイクの破片まで拾い、ガソリン撒いて怪我した血の痕《あと》まで隠そうとしてやがったのには舌を巻く』

『そうですか』

『だが、さすがに山のなかに落ちたバイクまでは回収できなかった』

『そっちからなにかわかりましたか』

坂の途中で、野路が横から蹴りつけた大型バイクだ。

『ナンバープレートは無理矢理剝《は》がしたようだが、車台番号がある』

『そうですね。持ち主わかりましたか』

『うむ』といってビールを飲み干し、お代わりと声を出した。

『半グレだ。津賀でなく隣の市をねぐらにしている』

『雇ったのは誰かわかっているんですか』

住宅環境公社の丹波ではないだろう。仮にも、自治体公認の会社に勤める重役が半グレを使うような真似をするとは思えない。丹波は友枝のタクシーに尾《つ》けられているのに気づいて、業者に連絡をしたのではないか。そしてその業者が半グレを差し向けた。

『警察だとは思わなかったんだろうな』

『確かに、タクシーで尾行するにしても、単独というのはあり得ない』

竜内春男の意を酌む人間か、マスコミ関係者と疑ったのか。だから、脅すつもりで襲撃した。

『お前んとこの新米が、のこのこタクシーを降りちまったからな』

あとでタクシーを見つけて確認したら、どこからともなく人相の悪い男が現れて、金を渡して帰れといわれたので、怖くなって友枝を待たずに引き返したらしい。お陰で逃げ道を失った友枝は、半狂乱となって逃げ回ることになった。

『お前がこなかったら、辞表も書けない体になっていただろうな』

友枝が復帰することになったのは落合も知っている。頭を搔きながら、『向き不向きってのは誰にでもある。今のうちに方向転換するのもいいと思うがな』とつまらなそうにいった。

野路は答えなかった。そんな警官に不向きな友枝が、まだ捜査を続けようとしているなど、酔った落合の前では死んでも話せない。黙ってジョッキに口をつけ、苦いものを吞み込んだ。

まだ半グレを差し向けたのが誰かはわからない。捜査本部や二課は丹波に近い業者を片端から調べ回っているらしい。大規模な集合住宅の建て替えとなると、建築業者だけでなく、内装業者、設備業者など多くの会社が関わってくる。そのどれと繫がっているのか、見つけ出すだけでも二課は大変だろう。そう告げると友枝は、「だったら」と目を輝かせた。

「半グレの方を辿るしかないですよね」

「どの口がいう」

左の頰も殴られたいのかと睨みつけるが、友枝は逆に強い目で、「でも、他に手がかり、ないですよね」という。

小さく吐息を吐いて野路は思案する。ふと思いついて、「交番の方はどうだった」と訊いてみた。友枝は、はっとしたあと、背中を丸めて視線を手元に落とす。

「――以前に、拳銃に手をかけたことで主任に酷く叱られたといいましたよね」

「ああ」

友枝の指導を担当した年配の巡査部長だ。

「係長が別の人をつけようとしてくれたんですが、迷惑でなければそのままでとお願いしました」

それで？　と訊くと、友枝は微かに頰を赤くした。

「主任に頭を下げて、どうか改めてご指導くださいといいました」

「そうか」

野路は黙って友枝の白い顔を見つめた。そして、仕方ないな、と呟くと、立ち上がってバイクのキーをポケットから取り出す。

「上着を着ろ。夏でも風を浴びると体は冷える」といって部屋を出た。後ろから、はい、という威勢のいい返事が聞こえた。

それから退庁と同時に、友枝と共に隣の市を毎夜走り回った。いくらねぐらがその市にあるからといって、すぐに見つかるものでもない。

野路は、白バイ時代の先輩である木祖川《きそがわ》に連絡を取ってみた。白バイ愛の半端ない人で、異動したくないからと昇任試験も適当にやり過ごしてきた人だ。年齢的にもう現役の特練生ではいられないから、今はコーチをしながら隊員として残っている。

白バイは各署に派遣され、様々なイベントや取締りに従事する。そのため、木祖川のように経験年数の長い白バイ隊員はあちこちの所轄に知り合いが多くいて、顔も利く。隣の市を縄張りにする半グレに詳しいベテランの捜査員が今、別の所轄にいることを教えてもらい、問い合わせてみた。野路らを襲撃した連中の年恰好からおよその見当がついたらしく、可能性のある溜まり場の情報をくれた。

そのなかのひとつに、半グレらがバイク遊びに、時折使っている廃校となった小学校を知らされる。閉鎖されてからずい分経つようで、校舎はすっかり寂れているが、取り壊す予算もその後の利用計画も立てられないのか、放ったらかし状態だ。それに目をつけたバイク乗りらが、夜中の校庭に忍び込んで走り回っているらしい。

野路と友枝はその情報を元に、古い小学校を見張った。門扉から離れた場所で様子を窺う。ずっと雨らしい雨がないから空気は乾ききって、息をしているだけで汗が噴き出してくる。おまけに近くに側溝があって、そこからやぶ蚊《か》が湧いてくるらしく、頻繁に刺されるがぱちぱち音を鳴らして始末することもできず、肌から血が出るほど掻きむしる。そんな風にして未明まで張り込み続け、三十日の日曜の夜にようやくそれらしい連中を目にした。

周辺にある街灯しか灯りがないから、一人一人の顔はわからない。それでも、使っているバイクの一台に見覚えがあった。ブレーキランプの赤いカバーの一部が破損していて、タンクに擦れた跡がある。

「あのときのバイクだ」

隣で友枝が息を詰めるのがわかった。野路もじっと様子を窺いながら、連中がひとしきり遊び回るのを眺める。日付が変わってしばらくすると、三々五々散ってゆく様子が窺えた。野路は友枝を残して、陰に隠れながら門扉までそっと近づく。

割れたブレーキランプのバイクに乗っている男が、門の側でスマホを耳に当てたのだ。

「今からか」

男が電話相手に返事する。

「お巡りはもういねえんだろうな」

間違いないな、としつこく問う。相手が反発でもしたのか、「うちのグループは目ぇつけられてんだ。俺も、しばらくふけようと」といいかけるが、言葉を止めて耳を傾ける。あとは短い返事だけを繰り返し、鬱陶しそうに肩で息を吐くとスマホをしまって、エンジンをかけた。

ブレーキランプが角を曲がるのを待って、野路は走り戻り、バイクに跨る。

「早く乗れ」

「あいつを尾けるんですね」

野路は答えず、アクセルを回した。

確証はないが、男の言葉のなかに、『庭から』とあった気がする。思いつくのは竜内より子の平屋の家だ。建物は狭く古びているが、敷地だけはある。防犯の点から見ればお粗末な住まいだが、事件後、玄関はちゃんと施錠しているだろうし、庭に面した縁側にも雨戸が立てられている筈だ。立哨する警官はいないかもしれないが、立入禁止のテープは張られているし、交番員が頻繁に巡回している。

それでも庭という言葉からは、竜内宅の家探ししか連想できなかった。

半グレのバイクは車の多い県道を走り、そのなかで無茶苦茶な走行を繰り返した。白バイでない野路は深追いせず、姿が見えなくなってもそのまま走り続け、津賀市内の竜内家を目指した。

大きな通りから入ってすぐのところにバイクを停めて徒歩で近づく。友枝も黙ってついてくる。細い道をいくつか曲がり、しんと静まり返った住宅街の暗がりで身を屈めた。そこから、より子の家が見える。玄関門の前には立入禁止のテープが風に揺れているのか、ちらちらしている。付近に半グレのバイクはない。人気もなく犬の鳴き声もしないようなエリアだ。バイクの排気音などしたら、誰かが目を覚まさないとも限らない。野路と同じように離れたところに隠しているのか。

耳を澄ましたのち、野路はゆっくり動き出す。街灯を避け、塀沿いに近づいた。後ろを振り返ると、暗がりに友枝の白い顔が見える。ここで待っていろといいかけるが、先に首を振られる。仕方なく歩を進める。と、いきなり金属質の音がした。すぐに動きを止め、そうっと顔を向けると電柱の横にあった自転車に友枝がぶつかったらしく、引きつった顔で当たったところを押さえていた。

しばらく待って変化がないのを確認して、玄関前まで近づいた。門扉越しになかを窺うが、玄関扉は閉まったままで、あとから取り付けたダイヤル錠《じょう》にいじられた形跡はなかった。

規制テープを潜り、門をそっと開けてなかに入る。玄関から侵入していないとすれば、やはり裏の庭からか。雨戸を立ててあるとはいっても、縁側にはガラス戸があるだけだ。

補修も改修もせず、昔からのまま使っていたとすれば、戸の鍵はシンプルな物だろう。ガラスを割れば、侵入はたやすい。

庭に回るとすぐに雨戸が開いているのが見えた。目を凝らすとガラス戸が横にずれている。その周辺にガラス片が散らばっているのか、小さく光るものがあった。

「連絡しろ」

野路は前を向いたまま、友枝に指示する。ごそごそとスマホを取り出す音を背中で聞きながら、息を殺して奥を窺った。縁側があって、向こうには障子戸がある。きっちり閉じられているが、一瞬、障子越しに影が浮かび上がった。懐中電灯の灯りを受けたのだろう。

奥から声が聞こえた。一人ではなく複数だ。少し縁側へと近づく。またひそひそ囁く声がしたが、家探ししているような動きはない。じっとひとつのところに集まって見えるのが気になった。近づいて耳を澄ませる。

「どうすんだよ、この女」

どくん、と野路の心臓が鳴った。瞬時にして、目の前に自転車が浮かび上がった。こんな夜中に電柱のところに自転車を置きっぱなしにするなどおかしい。あの自転車には見覚えがある。どうしてすぐに気づかなかったのかと激しい後悔が押し寄せ、同時に体が跳ねるように動いた。後ろから、「野路主任」と叫ぶ声がしたが止まらない。

土足のまま家に上がり込み、障子戸を開け放つ。男の影が二つ、いや三つ。奥の一人が懐中電灯を下に向けていた。野路の目に、照らされている安西小町の目を閉じた顔が映る。白い額には赤い血が見えた。

「安西っ」

かっと血が逆流し、怒りが体中から噴き出すのを感じた。男らが短く叫ぶと素早く臨戦態勢を取るのが見えた。すぐ近くにいる男が飛びかかってくる。殴りかかってきたのを反射的に避けたが、ふらついて座敷の壁に背中をうちつける。そのまま胸ぐらを摑まれ、右手から拳が飛んでくるのが見えたが避けられず、頰を殴られそのまま障子戸にぶつかり、殴った男と一緒に縁側に倒れ込んだ。別の男が野路に足蹴りを入れてくる。咄嗟《とっさ》に転がったが、ふくらはぎに入って痛みに声を上げた。次の攻撃があると思い、無我夢中で手近にあったものを投げつけるが、男が二人そんな野路を押さえにかかった。両脇を摑まれ、引き上げられ、三人目の男が拳を腹に入れてきた。

呼吸が止まった。胃の中のものが逆流するのを感じた。再び、男が拳を振り上げる。奥歯を嚙んで頰を痙攣させた。そのとき、ガラス戸が激しい音と共に割れた。なにか大きな石のようなものが投げ込まれたらしい。男らはいっせいに振り返る、その隙を突いて野路は足を回して右手の男の股間《こかん》を蹴った。右手が自由になったのを幸いに、そのまま振り切るようにして左側の男の顔面を殴りつけた。三人目の男がこちらを見たが、気配を察したのかすぐにガラス戸の方を振り返る。

友枝がなにかを振り上げていた。男は慌てて腕をかざして防ぎながら、ぱっと距離を取った。友枝が投げつけたのは庭にあった素焼きの植木鉢で、敵に当たらず畳の上に転がる。加勢しようとしたが他の二人が再び身構えるのが見え、辺りを見回したが武器になるものがない。考える間もなく転がった植木鉢を拾って振り上げ、一人の男目がけて投げつける。うまい具合に顔面に当たり、呻きながらうずくまった。別の一人が飛びかかってきて、躱すことができずに組み合ったまま転がる。友枝の悲鳴が聞こえるが、どうにもできない。

畳の上で殴り合いながら、友枝と三人目の男を窺うが、暗がりで見えなかった。

「友枝っ」と怒鳴るが、こちらも殴られて喉が詰まる。殴り返しているうち、男が植木鉢の破片を掴んで振り回し始めた。顎の下に激しい痛みを感じ、慌てて引き下がる。

なんとか立ち上がって、相対しながら顎から滴《したた》る血を拭う。奥で激しい物音がし、バタバタと動き回る気配がする。なんとか無事に逃げてくれと祈るしかない。植木鉢をぶつけた男が顔に手を当てながら立ち上がる。二人の男と向き合い、野路はじりじりと距離を取りながら、どうしようかと考える。そのとき、すぐ後ろから声が聞こえた。ぎょっとして振り返ろうとしたとき、なにかが突進してきた。野路は短い悲鳴を上げて仰向けで畳に転がった。腹の上には友枝の蒼白な顔があった。目が充血して、口の端から血を流している。

「どけっ」と怒鳴ったがすぐには動けないらしく、もたもたしているうちに男が近づいてくる。手には長い棒のようなものがあり、落ちている懐中電灯の灯りで、それが野球の木のバットだというのがわかった。より子の夫や息子が野球をしていたとは聞いていないから、泥棒避けにと置いていたのかもしれない。そんなものでなにが撃退できるのかと思うが、人を信用しないのならそれが精いっぱいか。

なんとか友枝を払いのけるが、間に合わない。

足元で男がバットを大きく振り上げるのが見えた。両手を交差させて頭部を守る。肋骨《ろっこつ》や腕が折れるのは覚悟しなくてはならない。その痛みを想像して歯を食いしばった。

「誰だっ、お前ら。ここでなにをしているっ」

はっと目を開けると、懐中電灯の強い光がバットを振り上げている男を照らしていた。

「動くなっ」

声の主が庭から駆け込んでくる。二人だ。懐中電灯の光が迷走し、ひとつが顔に当たって、「野路主任」と声がした。

その声に聞き覚えがあった。逆光で顔は見えないが、この地域を受け持っている、事件について色々話をしてくれた、あの健康診断に引っ掛かった主任だ。もう一人は相方の二年目の巡査だろう。立哨に就いていたとき話をした。

手に警棒を握って構えている。賊がばらばらと逃げ惑い、一人がガラス戸を蹴倒して庭に飛び出す。他の二人も続こうとしたが、主任と巡査が追って飛びかかるのが見えた。加勢したかったが、体のどこかが固まって動けない。やがてサイレンの音が聞こえてきた。

野路は必死で半身を起こし、畳の上を這いながら安西小町の側ににじり寄った。

「安西、小町っ、しっかりしろ」

肩を軽く揺すり、耳元で声をかける。唇に頬を近づけ呼吸を確認する。

「小町、大丈夫だ、もう大丈夫だ。しっかりするんだ」

微かに動いた、そんな気がした。更に呼びかけると、唇が僅かに開き、息が漏れ出る。

だが声は発せられず、目も固く閉じられたままだった。

「友枝っ」

暗がりに人影がゆらりと起き上がるのが見えた。

「救急車だ、救急車を呼べっ」

「り、了解です」と震える声が返ってきた。

庭から、ちくしょう、と喚く声がした。サイレンが静かな住宅街に轟き渡り、赤色灯の光が塀越しにも強く差し込んでくる。ばらばらと足音と怒声が響き、交番の主任が、もう一人逃げている、と叫ぶのが聞こえた。そうか二人は捕まえたのかと安堵する。

パトカー乗務員が庭のなかに駆けてきた。強力なライトが周囲を照らし出す。その光のなかで、二年目の巡査が立って大きく息を吐いているのが見えた。襲撃犯の一人に嵌めた手錠を強く握っている。

大手柄じゃないか。野路はそういって口元を弛めかけたがすぐに止した。

「いてっ」

唇を切ったのか、刺すような痛みが走る。隣から友枝が、痛いぃい、と呻く声が聞こえた。

21

落合が見舞いにきてくれた。

もちろん野路のためでなく、友枝のためでもなく、安西小町の部屋にだ。見舞いというよりは、早く聴取したかったのだろう。まだたまにしか意識は戻らない。戻っても朦朧《もうろう》として証言するのは無理だというと、あからさまにがっかりした。

命に別状はないから、徐々に覚醒時間も長くなるだろうと医者はいったが、やはり気が気ではない。

「そっちはどうなんだ」

小町の眠るベッドの柵を握りながら、野路に目を移す。野路は顎に絆創膏《ばんそうこう》、脚にシップを貼り、腹に巻いたコルセットのせいでふんぞり返るように丸椅子に腰かけていた。

「お前、もう刑事になっちまえ」

笑いたかったが、笑うとまた顔のどこかが痛む。

「刑事でないもんにちょっかい出されると腹が立つが、刑事なら仕方ないと思える。わしの精神衛生のためにも、頼むから刑事になってくれ」

コルセットを押さえながら頭を下げる。「すみませんでした」

落合は、ふんと鼻息を出し、窓の外を向く。

「新米警官の方はどうなんだ」

「お陰さまで大したことなく、交番に復帰しているそうです」

「ほう。そりゃあ、あれだな。先輩や同僚らに鼻高々だろう。上からはお叱りしかないだろうがな」

「いや、聞いたところによると、同期に、凄かったなといわれても、怖くて逃げ回っていただけだと正直にいったそうです」

「ふうん」

心配だったのは木之瀬刑事課長だったが、検査入院のあと出署しても呼び出されることなく、朝礼で顔を合わせても取り立ててなにもいわれなかった。

「ま、そりゃあ、一応、捕まえたからな。これで半グレの線から雇い主である業者を引っ張ってこられるし、そうなりゃ丹波も任同だ。二課が張り切っているのを、うちと合同で取り調べをさせてもらう」

「そこから竜内より子殺しを引いてくるってことですか」

「いや、そこはまだな。取りあえず、竜内春男の線だ」

そういう落合の表情からは、丹波と業者の線に力を入れていない様子が窺えた。

「まだ、安西小町のことを疑っているんですか。襲われてこんな目に遭ったのに」

ふん、と鼻息を漏らす。そして、またベッドの柵を摑んで足下の方から小町の青い顔をまじまじと眺める。

「より子の家になんで行ったのか訊くまではな」

それは確かに野路も気になっていた。

「金を探しに行ったのかもな」

「より子の夫が隠したという例の蓄えですか？　ですが、鑑識が虱潰しに探したんじゃないんですか」

「鑑識だって見落とすことはあるわな」

なんだってケチをつけようと思えばつけられる。

「安西小町は連中とグルで、一緒に家探ししていたが仲間割れを起こしたとか」

「落合主任」

呆れてものがいえないとはこのことだ。若いころに不良仲間とつるんでいたからといって、今もまだ半グレと親しくしているなどと考えるのか。刑事という人種の猜疑心《さいぎしん》には底がない。

「俺には到底、刑事は無理ですね」

「ああ、そうだろうよ。お前は思いついたまま突っ込んで行くだけだからな。刑事はじっくり考え、何度も足を運び、試行錯誤しながらひとつひとつ見つけて行くんだ」

「そうですか。だったら、もう一度、ちゃんとより子の家を探してみたらどうですか」

「なに？」

「癒着の証拠がどこにも見つからないのでしょう？　夫の金もまだあるかもしれないし」

少なくとも、半グレ連中はより子の家を探そうとしていた。鑑識が入った際に、寝室にしている部屋の障子戸のなかに札を隠していたのを見つけていたが、それ以外は発見されていない。

金か証拠かはわからないが、あの家にはまだ隠す場所はいくらでもある気がする。

落合から返事はない。野路は時計を見て、丸椅子から立ち上がる。仕事の途中に抜け出してきたのだが、三時になる前には病室を離れたい。

「どうした。もう帰るのか」

「仕事のついでに寄っただけですし。また、叱られるのも嫌なんで」

「課長にか」

「いえ、姪っ子ですよ」

小町が病院に運ばれたと聞いて、ゆず葉が駆けつけた。ベッドに横たわる叔母の側に、包帯を巻いた野路を見つけたゆず葉は、いきなり拳骨《げんこつ》で殴りつけてきたのだ。

『叔母さんのこと頼んだのに、なにしてんのよ』

そんなことを引き受けたつもりはなかったが、興奮したゆず葉は泣きながら暴れて、看護師らが押さえると床に座り込んで両手で顔を覆った。今度こそ自分はひとりぼっちになると子どものように泣きじゃくるので、年配の看護師が宥めて、大丈夫だとなんども説明することになった。

それからは、夏休みのあいだだけ美術部で部活動しているゆず葉が、帰りに病院に寄ると知って、なるべく顔を合わせないようにしていた。

「そうか。ならこのあと付き合えよ」

「どこにですか」

「お前がいったんだろうが、より子の家をもっとちゃんと探せって」

「え」


一旦、署に戻って道端係長に早退することを承諾してもらう。病院に行くのだろうと思ったらしく、なにも訊かれない。当分、その手でいけるなとつい思ってしまう。

竜内より子の家で、落合は手袋を嵌めて床を這いまわっていた。鑑識が入ったあとだし、以前にも調べているから、野路らが暴れ回った座敷や隣の部屋以外は手をつけていないだろうと落合はいう。その落合は台所の食器棚を動かし、その後ろの壁を引き剝がしていた。

「落合主任、そこまでしますか」

「鑑識が探しきれていないっていったのはお前だろうが」

そんなことはいっていないが、ひと息吐いて野路も手袋を嵌めて探し始める。六時を過ぎるとさすがに暗くなる。電気もガスも止まっているので、落合が大振りのランタンを用意してきて床に置いて点灯させる。野路も懐中電灯を取り出した。

途中に休憩を挟んでパンを齧っているとき、巡回にきた交番員に誰何《すいか》される。野路だとわかると、大変ですね、と捜査の一環と思ったらしく労ってくれた。その後も家探しを続けたがなにも見つからず、くたびれ果てたので、また日を改めましょうといいかけたとき、落合が、あったぞと低く呟くのが聞こえた。

庭の方からのようで、縁側から身を乗り出すと、落合はところどころ穴の開いている雨《あま》樋《どい》の側で座り込んでいた。手にはビニール包みがある。

「雨樋のなかですか」

「ああ。こんなの入れてちゃ、雨水が溢れただろうに。なにを考えてんだか」

灯りのなかで包みを開けると、なんと、古い一万円札ばかりで五十三万円あった。

「いったい、なにを考えてこんな大金を雨樋に隠そうと思ったのか」とまた同じことを落合は口にした。

とにかくこれを捜査本部に持って行き、この家を徹底的に捜索するよう進言するといった。

「雨樋にあったってことは、もしかすると庭に埋めている可能性も」

野路がなにげなく呟くと、落合はうらめしげな目を向け、長い息を吐いて体をしぼませた。

翌朝から竜内より子の家を再び、刑事、鑑識だけでなく直轄警察隊の応援も頼んでいっせい捜索が始まった。それこそ塀や壁をぶち破るような勢いで、庭にもシャベルを持った体格のいい隊員の姿が見られた。

そんな様子を近所の人々は不思議そうに眺め、多くの野次馬がスマホで撮影する。それらをまた地域課員らが追い払う。そのなかには友枝もいて、時折、なかを覗き込んでは野次馬以上に熱のある視線を向けていた。現場を通りかかった野路は、そんな友枝の態度を注意するが、そういう野路も様子が気になったので、のこのこ出てきているのだから、説得力がない。

「おや、お宅は手伝わないんですか」

振り向くと防犯委員の神田がスマホを手にして立っている。隣には知り合いらしい同年配の男性が、同じようにスマホを持って様子を窺っていた。

「この辺の自治会長さんだよ」と訊いてもいないのに紹介してくれる。一応、どうもと挨拶するが、自治会長は神田に負けず劣らず世話焼きのようで、なんなら人を集めて手伝いましょうかとかいい出す。

「いいえ、それには及びません」

「そうですか。で、どんなお宝が出てくるんです?」

野路も友枝も黙っている。

「そういやぁ」と今度は、神田が友枝を見て話しかける。以前、保険会社のことなど尋ねたせいで、すっかり協力者になったつもりらしい。

「前に、息子さんの保険のこと訊いていたじゃないですか。やっぱり、その件?」

困った友枝は周囲を気にしながら、目を泳がせる。仕方なく野路があいだに入って収めようと思った。元はといえば、野路が近所に聞き込みをかけろとそそのかしたのだから。

ところが、神田の隣で会話に参加できないかと、うずうずしていたらしい自治会長が、そうだといわんばかりに口を開いた。

「ここのおばあさん、息子から大事なものを預かっているっていってましたもんね。それでしょ、探しているの。違うんですか」

野路も友枝も口をあんぐりと開ける。なんだ、その話は。野路はすぐに待ったをかけて、規制のテープを潜って落合を呼んだ。庭の手前側で、這いつくばっている捜査員を見下ろしていた木之瀬がぎょろりと目を向ける。野路は慌てて首を引っ込めた。刑事課長自ら臨場とは、昨夜、金が見つかったことが余程ショックだったのだろう。木之瀬に咎められる前に落合が駆け寄ってきてくれて、その場を離れる。

神田と自治会長の二人を引き合わせた。落合は、すぐに二人を捜査車両の後部座席に座らせ、自らは運転席に乗り込んだ。野路にも助手席に座って構わないというのでヘルメットを脱ぐ。さすがに友枝には声をかけない。

「で、どういう話ですか、それは」

「えっとねえ。いつだったか、ゴミ出しのことで喧嘩したんですよ、あの家のおばあさん」

まあ、色々いう人だったからねと、他にも苦労があったらしく長々と吐息を吐く。

「妙に頭が冴えるときがあるようでね。そうすると庭の植木が道にはみ出ているとか、ゴミの分別がなってないとか」

「それで、息子のことを口にしたのはどういうきっかけで」落合が、話の流れを引き戻す。

「え、ああ。それね、丹波さんとこの奥さんと」

着かない。

えっ、と思わず口に出して、落合に睨みつけられる。そんな様子に気を良くしたらしい自治会長は、こと細かに話し出す。合間合間に神田が口を挟むから、なかなか核心に行き着かない。

聞いている途中に、より子宅で動きが見えて落合と共にはっとした。友枝を窓越しに呼んで、確認に行かせる。戻ってきていうには、更に金が見つかったとか。声に出さず、指の形で金額を教えてもらう。指一本だったから十万かと思ったら、丸く零《ぜろ》を二回作って見せる。百万なのか、と落合共々呆気に取られた。ただ、金以外はまだ見つかっていないようで、落合は再び、車内に目を向けた。

ようは、丹波和範の妻である美喜子が出したゴミのことで、より子が難癖をつけたらしい。以前から再三あったことで、適当にあしらっていたのが、そのときに限って美喜子がいい返して、ちょっとした騒ぎのようになってしまった。気にしたご近所の人が自治会長に知らせて、朝っぱらから駆けつけたというわけだ。なんとか喧嘩は収めたが、そのとき、より子の家がゴミ屋敷になったら近所が迷惑だみたいなことを美喜子がいって、腹を立てたより子が口走った。

「なんていったっけかなぁ。確か、うちの家には息子から預かった大事なものがあるから、片付けられないんだ、とかいうようなことだった、気がする。丹波さんの奥さんがなんでも捨てるのが気に食わなかったらしいから、自分は違うという意味でいったんだろうね。とにかく、ちゃんとしとかないと息子が難儀する、みたいな？　そんなこともいった気がする」

「それいつのことです？」と落合。

「えっと。六月中ごろかな。金曜日なのは間違いない。この辺りは水曜と金曜がゴミの収集日だから」

竜内より子が殺害されたのは六月十九日月曜の夜から二十日火曜にかけてだ。もし、その情報を妻から聞いた丹波和範が、もしやと思って業者に連絡し、探してみろといったとすればどうだろう。

竜内春男が死んで三か月もしてから家探しした理由にはなる。春男が死んで、アパートや職場を探したが見つからず、諦めかけていたところに息子から大事なものを預かっていると母親が口走ったのだ。もしかしたらと考えてもおかしくない。

落合も黙り込んだ。そして、少し待っててくれといって車から出る。

そんな様子を見た自治会長が鼻を膨らませた。隣の神田がちょっと残念そうな顔をしながらも、大した情報じゃないかと褒めそやす。気を良くした自治会長が言葉を続ける。

「丹波さんとこは家も大きいし、わしらと違って暮らしも贅沢だから感覚が違うんだ。もったいなあって思うのはこっちが庶民ってことだけで、あちらさんとは住む世界が違うと端から思ってたら気にもならんけどな」

「そういうもんかね」

「まあ、いくら金があって暮らしがいいといっても、みんながみんな幸せってことでもないんだろうけどね」

「なんだい」と神田が、自治会長の含みのあるいい方に応じる。

「ここだけの話、丹波さんとこ、うまくいってないんじゃないかって」

「へえ」

「夜中にうろうろしてたりするんだってさ」

「夜中？　誰が」

「奥さんさ。一人で。知った人が声かけたら散歩だっていったらしい。なんか気晴らししたいことでもあったのか。家にいられなかったのか」

「ああ。それはわからんでもないなぁ。気が滅入るときはヘタに家族の顔見ているよりは、夜中でも朝でも取りあえずは外に出て、一人でぶらつきたいもんだ。たまにいるよ。うちの方はこちらみたいに大きな屋敷はあんましなくて、どっちかっていうと庶民的なマンションやアパートばっかかだから余計な。前にもお宅にいったよね」

神田が急に野路に話を振ってくる。なんのことかと思っているうちに、また喋り出す。

「このあいだなんか小学生が一人で歩いているのを見たって。午前一時過ぎだよ。うちの奥さん、お化けかと思ってぎょっとしたらしい」

「お使いじゃないのか」

「夜中の一時にか？　どんな親だ。それはそれで別の問題があるよ」

「そうだな。っていうか、お前んとこのかみさん、なんでそんな時間にうろうろしていたんだ」

「え、いや、それはまあ」

そんな世間話を聞いていると、フロントガラス越しにより子の家から落合が出てくるのが見え、その後ろから一課の刑事と木之瀬が現れた。野路は素早く捜査車両を降りて、塀際に身を寄せる。

木之瀬は野路に目もくれず、助手席に潜り込むとドアを閉めた。野路は落合に目で挨拶して、その場を離れる。叱られる前に退散だ。友枝に片手を挙げて見せたあと、ヘルメットを装着して自転車を漕ぎ始めた。

22

大手不動産会社と、住宅環境公社の常務理事である丹波和範のあいだに不穏な金の流れがあったことが判明、国交省時代からの関係性も浮上した。

半グレをひとまず、友枝や野路への襲撃と事故を起こしたのに通報しなかった容疑で連行、本格的な取り調べを始めた。やがて半グレに指図したらしい反社組織がわかり、その反社と過去に様々な形で協力関係にあった不動産会社を特定。国交省時代に遡《さかのぼ》って、当時、担当していた丹波和範とが繫がった。

不動産会社の責任者と直接、反社や半グレと連絡を取り合った社員が任同されてきた。組対課が加わり、二課は贈収賄事件として本腰を入れて動き始める。

一方で、竜内より子の自宅からは、古びた札で、計三百五十万円ほどの現金が発見された。だが、当初の目論見《もくろみ》であった丹波と業者との癒着を証明するようなものは出てこなかった。そういうものは最初からなかったのかもしれないという、諦めにも似た結論で落ち着きそうだと落合がいう。

「ですが、竜内春男の件はどうなるんです。春男がなにかしらの証拠を手に入れて、丹波らを脅した。だから半グレだか反社だかに襲われ、事故に見せかけて殺害されたんじゃないんですか」

うーむ、と落合は腕を組んだ。

「連中は、春男を追いかけ回したことまでは認めた。雇い主に因縁をつけてきたから、痛い目に遭わせようと考えたが、殺しまではしていない、あくまでも勝手に石段から転げ落ちたといっている。そして脅迫のネタなんてものを見たことも聞いたこともないといいやがる」

「なるほど」

二課にしてみれば、丹波と不動産会社の癒着を示すはっきりとした証拠があれば、それに越したことはない。なくても、半グレや業者の配下の線から攻めることはできるだろう。

「あっちはまだいいさ。うちは結局、なにも変わっていないことになる」

脅迫の元となった証拠がなくては、それを手に入れるために竜内より子を殺害したという動機が成り立たなくなる。自白が得られればまだマシだが、否認されれば公判は維持できない。今のところ半グレも反社も、竜内より子の件は知らない関係ないといい続けていた。

「こっちの手のうちに証拠がないと気づいてんだろうよ」

「駄目ですか、半グレの線は」

なかには、より子殺害の犯行時刻に明確なアリバイを持つ者もいたそうだ。落合は自販機のコーヒーをまずそうに啜《すす》る。

「業者も丹波も、よもや殺しまでは指図しないと思うがな。半グレだって、息子から預かった大事なものはどこだと訊いて、答えないからと一足飛びに土鍋で殴り殺すような真似はしまいて」

落合は今も安西小町の線を捨てきれないようだ。

「それはわからないですよ」と野路は反論する。

鉄パイプを握って友枝を取り囲んだ連中を、野路は直に目にしている。あの様子ではキレたら、なにをするか知れたものではない。

「そうなんだが。ただ、贈収賄だからな」

ああ、と野路は息を吐いた。友枝も確か、同じような疑問を持っていたなと思い返す。業者が丹波に金を渡し、丹波が受け取ったにしても、殺人に比べれば大した罪にはならない。

「丹波は馘になり、今のような暮らしはできなくなる。業者も仕事ができず、いずれ倒産ということもあり得るが」といって落合は小さく首を左右に振る。

「確かに大きな痛手でしょうが、殺人犯として収監されるリスクを冒《おか》すほどのものかといわれれば、違う気もしますね」と野路も合わせるように首を傾けた。「だけど、落合主任、丹波には癒着の証拠を取り戻すという目的以外にも、より子を襲う理由があるんじゃないですか」

「うん？　ああ、妻の美喜子とより子の確執か」

真夜中のことで、丹波美喜子のアリバイはない。夫の和範は自宅にいたが、子どもは自立しているから夫婦二人だけだ。寝室も別らしいから、美喜子が夜中に出かけたとしても和範にはわからないだろう。

「いっそ、夫婦二人で襲ったとか」つい野路が軽くいうと、落合が冷たい目を返してきた。

「丹波の自宅や職場に家宅捜索をかけることになるだろうが、目ぼしいものが出てくる可能性は低いだろうよ」

そういわれて野路は、言葉に詰まる。

友枝が不用意に丹波に近づいたせいで、捜査していることを感づかれ、証拠隠滅に動いた可能性がある。野路は黙って頭を下げるしかない。

「それで、彼女の方はどうでした」

安西小町が目を覚まし、ドクターから聴取しても構わないと許可が下りた。落合を含む刑事らが病室を訪ねたと聞いている。

野路もすぐに駆けつけたかったし、ゆず葉からもすぐにこいとＬＩＮＥが入っていたが、仕事を放って見舞いに行くわけにはいかない。行ったところで刑事らに追い出される。

「ああ、うん」

落合は、小町もグルで家探ししているときに仲間割れを起こしたのではないかと疑っていた。

「彼女はなんていったんです。あんな時刻に竜内の家にいたことを」

「植木だと」

「はい？」

「竜内より子は庭にあるレモンの木を大事にしていたそうだ。なんでも息子の春男が母親の喜寿の祝いに買ってきた苗木で、ずっと実をつけなかったのがここ数年、毎年、実をつけるようになったらしい」

小町も担当することになった三年前から、できたレモンの実をもいでジュースにしたり、ジャムにしたりするのを手伝っていたという。

「春男はそのレモンで作ったジュースだかを酷く気に入っていたんだと」

そういえば、興信所の所長がそんなことをいっていたことを野路は思い出す。小町は、春男と母親のより子は口喧嘩をしても、それほど仲は悪くなかったといっていた。より子は一人息子のためにレモンの木を大事に育てていた。息子の春男は、より子の作ったレモネードを飲むために時折、母親を訪ねていたのだ。

「レモンは手間のかからない木だそうだが、肥料だけは十分に与えなくてはいけないとかでな」

だが、もうそのレモンをもぐ母親も、そのレモンで作ったジュースを飲む息子も、この世にいない。

刑事らは怪訝に思ったが、小町は気になったのだと答えたそうだ。たとえ誰もレモンをもがなくとも、放ったらかしにしたくはなかったのだと。

「なにもあんな時間に行くことはない」と落合はなおもいう。

「警察から入ってはいけないといわれていたんですよ。彼女なりに思案したのでしょう」

「そんなもん、ひと言頼めばいいじゃないか」

「警察にですか？　自分を殺人犯と疑っている警察に、植木に肥料をやってくれと頼みますか？」

ふん、と落合は横を向く。

小町は、こっそり庭に回ったところで、雨戸が開いているのに気づいた。様子を窺うと座敷の方で人の蠢く気配がした。警察かもしれないので、念のため声をかけてみた。だが返事はなく、瞬時にマズイと察し、逃げようとしたが飛び出てきた男に捕まり、部屋に引きずり込まれた。声を上げようとしたらいきなり頭をなにかで殴られ、そのまま気を失ったということだ。

危ないところだったと、心から安堵した。これで半グレとグルだという線は消えたと思うが、小町の証言と半グレの証言を突き合わせてからでないと、落合は納得しないだろう。

ふと気づいて野路は、「そうか」と目を開く。目を向けてくる落合に、「より子さんが息子から預かった大事なものというのは、レモンの木のことじゃないですか」というと、更に不機嫌な顔をした。

「まあな。捜査本部もそれで納得しそうだ」

結局、春男が手に入れた脅しのネタなどはなかったということだ。野路は、そうですか、といって立ち上がる。これ以上いても落合の愚痴を聞かされるだけだろう。

「仕事が立て込んでいるので」というと、「行くのか、病院」と訊いてきた。そのつもりですと答える。

夕方、病室を訪ねるとゆず葉に立ち塞がられる。

「この薄情者。どうしてすぐにこないのよ。人相の悪い刑事ばっかきて、小町の容体が悪くなったらどうすんのよ」

「すまない」

とにかく謝る。ベッドから小町が、まだ弱々しくはあったが大きな笑みを投げかけてくれた。白を通り越して透き通るような顔色だったが、濡れたような目には力があって、回復に向かっている様子が見てとれた。パイプ椅子を広げて側に行き、「大丈夫か」と声をかける。

「大丈夫なわけないじゃん」

後ろでゆず葉が喚くが無視する。小町が微笑みながら、ありがとうという。

「なにが」

「助けてくれたの、野路さんなんでしょ。今日きた刑事さんから聞いた」

ああ、と不貞腐《ふてくさ》れた顔の落合を思い浮かべる。ゆず葉はもうなにもいわず、黙って部屋の隅でスマホをいじり出した。

「タイミングが悪かったな。連中が忍び込んでいるときに行くなんて」

「うん。どうしても肥料だけでもと思って。今年もたくさん実をつけてくれたから」

「レモンな」

「飲む？」

「え。ああ、レモネードか」

「あ、でも駄目か。人の家のレモンだし、事件のあったとこだから」

「どうだろう。どうせ落ちて腐るんなら構わないと思うが」

「あら、レモンはそう簡単に落ちたり腐ったりしないわ。第一、収穫は秋からだもの」

「そうなのか」

「もちろん夏でも構わないけど。十分実っているから」

あ、でも、と小町はいう。「変な実がひとつあるけど」

「変な実？」

「うん。訪問介護で訪ねたとき、レモンの実が青いまま腐っているのを見つけたの」とい
って、視線を野路から天井へと向ける。黙って待っていると、そういえば、という。

「もいで捨てようとしたら、より子さんが余計なことしないでって、神経質そうに怒った

んだった」

「へえ」

「肥料をやりに忍び込んだときにね、木にまだその実がついていてちょっとびっくりした。とっくに干からびているのに、そんなに長くついたまんまなんておかし、あ、え?」

いきなり野路は立ち上がった。小町だけでなく、ゆず葉もぎょっと目を向ける。

「悪い。またくる」

「あ」

扉をスライドさせて廊下に飛び出すと、薄情者ぉー、クソ野路ぃ、と叫ぶ声が聞こえた。

交番に寄って、野路と友枝の危急を救った主任と二年目の巡査のペアに声をかけた。今日が当務なのは知っていた。私服姿の野路を見て、「どうしたんです?」と顔を上げる。

「悪い。もう一度、竜内の家に入りたいんだ。そこでなにが見つかるのか確認して欲しい」

主任と巡査は顔を見合わせ、すっと立ち上がった。指図されることなく懐中電灯や手袋、チョッキなど必要な準備をして、二年目の巡査が要領良く動いて交番を出る。その横顔に以前になかった自信のようなものが見て取れた。

朝礼ではときに、署長から目覚ましい働きをした職員に賞が授与される。二年目の巡査は、このあいだその署長賞をもらっている。昔は金一封だったがお金は良くないだろうということで、図書カードに変わっている。中身の多寡《たか》でなく、署員らが集まるなかで名を呼ばれ、演台まで進んで署長から「よくやった」と声をかけられることが肝心なのだ。

課が違ったり勤務時間が違ったりで、顔を知っていても名前を知らないということがある。そんなとき朝礼での表彰を通して、名前と顔を一致させることができたりする。所轄の署長賞などたかがしれているだろう。それでも与えられたこと自体がその警察官にとっての歴史であり、経験の証となる。パソコンで署長賞と印字した小さな祝儀袋を捨てずに残し、何枚も集めることで悦《えつ》に入る警察官もいる。

津賀署の警務課にきて野路が最初にやった仕事も、祝儀袋に署長賞の文字を印字することだった。

八月に入って暑さはいっそう厳しいものになったが、日が暮れたあとの竜内の家は寒々して見えた。

掘り返された庭の跡が、暗闇のなかでも荒涼とした雰囲気を漂わせている。家のなかも、それこそ天井裏から床下までひっくり返されたのだ。玄関や縁側の雨戸は閉じられているが、それでも荒らされた気配というのは建物から滲み出てくるものらしい。

土くれが散らばり、穴があちこちにあって、懐中電灯で照らしながらゆっくり奥へと進む。

「庭木にライトを当ててくれ」

巡査が、はい、といってゆっくり灯りを上げた。やがて昼間は日当たりのよい奥の壁際に、黄色いレモンの実をいくつもぶら下げた三メートルほどの木が見えた。近づいてひとつひとつ確かめる。

下の方で多くの葉に隠れるようにして、ひとつだけ青いまま干からびているのがあった。手に取ってライトを当ててもらう。実の横が裂けているようだが、糸のようなもので縫い合わせてある。枝からレモンの実が外れないように補強もされていた。

野路は主任にスマホで撮るよう頼んだあと、レモンをもいで、巡査と共に裂いて広げた。なかから小さなビニールの袋が出てきた。それをライトのなかで翳《かざ》してみて、なかにSDカードが一枚あるとわかって三人は息を呑んだ。そのとき、強い風が吹き込んで周囲の樹々がざざっと波打つように音を立てて揺れた。

竜内より子は、息子を失った。その哀しみが癒えかけたとき、息子から預かっていたものを思い出した。生前、大事にしまっておいてといわれたのだろう。最初は家のどこかに隠していたか、もしかすると持ち歩いていたのかもしれない。やがて、自分自身の記憶に不安を覚えるようになった。うっかり失くしたり、隠し場所を思い出せなくなったりしたら困ると考えた。もう息子はこの世にいないのに、誰も取りになどこないのに。そのことは頭になかったのか。

どこにしようか迷った。信用できる人間はいない。親しかった友ももういない。家のなかは、夫の隠した金がまだどこかに残っている気がする。誰かがそれを知って家探しするかもしれない。金はいいが、息子の大事な預かり物を奪われるわけにはいかない。あるとき縁側の窓越しに庭を見て、そうだと思いついた。息子の好きなレモンの木。今ちょうど実をつけている。あそこに隠しておこう。決して、実が落ちることのないように枝にくくりつけておこう。レモンの木なら、息子が気にして手に取るかもしれない。それなら自分がいなくなっても、ちゃんと見つけてくれるだろう……。

息子を亡くしてから、時折、惚けるようになったと聞いていた。最後に心残りが消えて、竜内よし子は色んな記憶をその小さな脳内にしまい込んでいった。

エレベータで三階の捜査本部に向かう丹波の姿を見た。

六十五歳ということだが、白髪混じりの髪を綺麗に撫でつけ、オーダーメイドのスーツを身に着けた姿は、ファッション業界のCEOという雰囲気だ。到底、元公務員という感じではない。

道端も同じように思ったらしく、「公社の理事をやり出してから暮らしが派手になったわけでもないそうだ。それ以前からおいしい思いをしていたんだろうね」という。

国交省の現役時代から、民間業者から賄賂《わいろ》を受けていたとすれば大問題だが、二課もそこまで追うのは難しいと考えていた。だが、野路らが見つけた竜内春男の脅しのネタであるSDカードには、そんな国交省時代にも金のやり取りがあったことを示唆《しさ》する会話も録音されていた。

組対と二課は久々の大物と活気に溢れ、元食堂だった部屋も捜査本部として荷物が運び込まれ、今では多くの人間が忙しなく出入りしている。

コーヒーを飲む場所を失くした落合は、一階受付の野路の席で一服するようになった。三階の捜査本部は、二課らに引き比べてもまるで解散したのかと思うほど陰鬱《いんうつ》に沈み込んでいるそうだ。呉本の嫌みではないが、本当に継続捜査になりそうな気配すら窺える。

丹波や半グレを二課や組対と争うように取り調べているそうだが、竜内より子の殺害に関しては全く進んでいない。鬱陶しい顔をした落合が居座るせいで、沼などはあからさまに迷惑顔をして、大した用もないのに倉庫に行ったり、普段しないのに自転車に乗って外への用事を片付けに行ったりした。道端はいい傾向だと思うらしく、落合を追い払うことなく声をかけてはお喋りを楽しんだ。後ろにいる呉本の顔は、終始不機嫌だが。

久し振りに友枝の様子を見に行った。

日勤のみの仕事だったが、当務が加わって通常のローテーションに変わったと聞いている。

昼過ぎに交番に入ったところを見計らって顔を出す。ベテランの主任に挨拶をし、野路は友枝と手前の執務スペースで話をした。

自然と事件の話になる。

「まだ誰も供述しないそうですね」

「ああ。落合主任も手を焼いている。否認は仕方がないにしても、これといった証拠が出てこないので苦りきっている。検事にもせっつかれているようだし。捜査本部も通夜みたいに沈み込んでいるから、落合主任の不機嫌さは半端ない」

道端が相手をしてくれているあいだは大人しいが、野路がうっかり事件のことを口にしようものなら途端に顔を歪めて、愚痴や文句をいい募る。それにはほとほと嫌気が差し、沼ではないが野路も外回りの仕事を見つけるようにしていた。今日も、そのひとつだ。

「教養係が外でなんの仕事をするんですか」

「教養じゃない。総務の手伝いだ。間もなく、各地域で夏祭りが始まるだろう。毎年、その一画を借りて、特殊詐欺被害防止などの警察用展示を行っている。それに地域の役員や防犯委員にも手伝いをお願いしているんだ」

生安課の防犯係と手分けして、あちこち依頼して回っているといった。友枝が、ふと思いついたように、そうだと呟く。

「防犯委員で思い出しました。神田さんから、顔を出すようにいわれていたんです。これまでのお礼もあるし、行ってこようかなと」

「そうか。俺も神田さんに声をかけに行くつもりだから、出るか」

友枝は主任に許可を取り、ヘルメットを被って交番を出てきた。

二人連なって自転車で向かう。神田の自宅に近づいたとき、見たことのある顔とすれ違った。向こうは野路らの制服を目にとめると、不快そう顔を背けた。

きっとブレーキが鳴って、友枝がいきなり停まる。うしろをついていた野路は慌てて両足で踏ん張った。

「どうした」

「さっきの人」

うん？ といって振り返る。皺の寄ったポロシャツにチノパンツ姿の中年男性の背中が角を曲がって消えた。

「知っているのか」

確か、高原不二雄といったか。この先にあるアパートに暮らす男だが、以前、竜内より子に泥棒に勘違いされて新米警官に当たり散らした男だ。

友枝が思案顔をする。その様子を黙って見ていると、やがてゆっくりと表情が動き、大きく目を開き始めた。

「僕、あの男を見ています」

そのいい方に野路ははっとした。以前にも、安西小町をコンビニで見かけたといったときもそんな口調だった。まさか。

「どこで見た。いつだ」

友枝は自転車を降りて、大きく深呼吸した。

友枝の話を聞いて、そのままコンビニを訪ねることにする。安西小町が深夜、より子に頼まれて入金しにきたコンビニだ。店長にいってＡＴＭ近辺を捉えたものだけでなく、当日の夜の全てのカメラ映像を見せてもらう。

「いました。この人物です」

安西小町がＡＴＭの操作をしている。その斜め後ろのラックで、高原がなにかを物色している姿があった。やがて小町が機械から離れる。高原が映像から消えた。別の角度のカメラを映す。小町がコンビニを出るところが見える。それから少して高原が出てゆく。手に買ったらしいものはなにもなかった。

ガラスの自動ドアの向こうに小町が自転車で出て行くのが見え、少しして高原が同じ方向に歩き出す姿があった。アパートへ戻るには逆だ。

じっと目を凝らしている友枝の肩を野路は強く叩いた。

「落合主任に連絡しよう」

23

高原は素直に自供したそうだよ、と道端から聞かされた。

地域課長が木之瀬課長に捜査状況を尋ね、道端は直接、地域課長から詳しい話を聞き込んでいた。木之瀬にしてみれば、重大な情報を提供した地域課を無下にもできなかったのだろう、懇切《こんせつ》丁寧に取り調べの状況を教えてくれたそうだ。しかも、一度は辞めさせろと怒鳴りつけた友枝のことも、よくやったと褒めたらしい。それを聞いてしたり顔をしたのは、なぜかうちの呉本課長だった。警察学校で一番優秀だった警察官をそう簡単に辞めさせられるもんじゃないとまでいって、警務課員みなを呆れさせてはいたが。

捜査本部は、高原の周辺を徹底的に調べた。そして働いている風でもないのに再々、パチンコをするなど妙に金回りがいいこと、別れた妻子を訪ねてもっといい家に住めるといったことなどを突き止め、アパートで酔い潰れていた高原を急襲した。ヘタない訳をさせる暇もなく凄まじい剣幕で追い込んだそうだ。高原は痙攣するように震え出すと、あっさり竜内より子の殺害を認め、泣きながら謝ったという。

高原不二雄とその家族は再開発にからんで立ち退きを迫られ、利便性のいい団地から狭くて古びた、駅からも遠いアパートに引っ越すことになった。こんなことになったのも高原に甲斐性《かいしょう》がないからだと妻子になじられ、失業をしたことも加わって家庭は最悪の状態となった。いたたまれず仕事を探すと称してうろつき回り、時間を潰す毎日が続いた。食欲もなくなり、ちょっとしたことで苛立つようになった。やがて妻が子どもと共に家を出た。

昼間、歩き回ると近所の人が不審な目を向けてくる気がして、夜中に徘徊するようになった。行くところなどどこにもない。買う気がなくてもコンビニを覗くのが精いっぱいだった。

月曜日の夜もむしゃくしゃしていた。日が暮れても気温は下がらず不快さは増し、妻子が出て行ってからは満足な食事も摂っていないから、腹もすいていた。風呂に入っていない汗臭い体を持て余し、コンビニで涼もうと入った。

そこで女がＡＴＭで入金しているのを目にした。結構な大金に見えた。こんな時間にくるなど夜の仕事を持つ女かと思ったが、見た感じそんな風でもない。なんとなく気になってあとを追った。

高原は安西小町と面識がなかったといったらしい。

そうか、と野路は思い出す。あのとき、免許証を取り返すために、交番の主任は高原にアパートに戻るよう促したのだ。そのあとに小町が現れ、野路が送って行ったあとに免許証を返したから顔を合わせることはなかった。

顔を知った女性だったら高原もおかしな真似はしなかった気もするが、それはわからない。ともかく、高原は小町のあとを追った。途中で一度、見失って諦めかけたらしいが、道のなかほどにある家の門扉から灯りが漏れ出ているのに気づいた。近づくと玄関の扉を開け放ったまま、先ほどの女性が家人とやり取りをしているのが聞こえ、この家の年寄りの金だったのだと知った。そのときの会話の様子から、小町は自宅に帰って朝までこないと思ったという。小町が自転車で家を離れてゆくのを見送った。

高原は、より子がもう一回、入金して欲しいといった言葉が気になったのだ。玄関の扉が閉まったのを見て少し躊躇したが、裏の庭へと回ってみた。そうしたら縁側のガラス戸越しに、座敷に座り込んでいるより子の姿が見えた。しかも側に土鍋があって、より子は札を手にしていた。

「いくらあったんだ」と刑事が尋ねると、「ガラス戸越しに見たときは何百万円にも見えましたけど、あとで数えたら八十万ほどでした」と高原は供述した。

より子は夜中、ぬか床に夫の隠し金を見つけた。小町を呼び出して入金してもらう。そのあいだ、なにを思ったのか座敷の押し入れを片付け、土鍋のなかにもお札が隠されているのを見つけた。

だが、小町がもう一度行くのは嫌だといったため、仕方なくより子は土鍋に金を戻そうとした。そこに高原が近づいたのだ。無意識だったらしい。

老女は庭に人がいるのに気づいた。外は暗く、部屋には灯りがあったから顔まではわからなかっただろう。

「それでより子が騒いだのか？」と訊くと、不思議そうに首を傾げたという。

「あのばあさん、初めはわしを見てびくっとしたが、どういうわけか笑いかけてきたんだ。そして札束を握ったまま畳の上を這って縁側へ出てくると、鍵を開けてガラス戸を引いた」

高原は変だな、自分のことを知っているのかなと思いながら、縁側へ近づいた。ところが、より子は突然、驚愕《きょうがく》の顔になって後ずさりし始めた。高原は大声を出されたら困ると思い、素早く入り込み、より子を押さえようとした。だが、必死に逃げ回るより子と畳に散らばった札を見ているうち、頭に血が上ってなにも考えられなくなった。気づくと近くにあった土鍋を握って、振り上げていたといった。

老女が死んだとわかって頭のなかが真っ白になったが、それでも土鍋の指紋を拭うだけの正気さは取り戻せたそうだ。そして金を拾い集め、側にあった通帳やカードを握り締めると靴を履いて逃げ出した。

高原は全てを自供したことで、肩の荷が下りたように酷く穏やかな顔になったという。

野路は尋ねた。

「高原は竜内より子の顔は見知っていた筈です。神田さんだけでなく、俺や地域の警官まで集まるほどの騒動だったんですよ。そんな老女を襲ったら、自分が疑われると思わなかったんでしょうか」

道端は軽く肩をすくめる。「そのときの老女だとわからなかったそうだよ。年寄りの顔はみな同じに見えるっていってね。一方のより子は高原のことなどすっかり忘れていただろうし」

「ならなおのこと、より子はどうして見知らぬ男を招き入れるような真似をしたんでしょう」

道端は、そのより子って人は時どき惚けるようなことがあったんだろう、という。

「息子さんが戻ってきたと思ったってことですか」

「さあね。今となっては誰にも知りようがないよ」道端は気の毒そうに首を振った。

野路は広い庭の隅に立っている、黄色い実をつけた木を思い出していた。

エピローグ

朝、教養係のする仕事は多い。

高原が送検された翌日も、沼と共に朝礼の準備をする。その後、各課に出席を促すための声かけをし、自席に戻って引き出しを開けた。

真新しい祝儀袋を取り出し、プリンターにセットして署長賞の文字を印字する。なかに図書カードを入れて封をし、賞状盆に並べた。

「野路くんの分はいいのかい」

道端が声をかけてきたので、笑って首を振る。高原を目撃したのは友枝で、コンビニにいたことを覚えていたのも友枝だ。野路はついて行って一緒に確認しただけ。

「SDカードの件もあるんだし。刑事部長賞でもおかしくないけどね」

呉本が署長に推薦しようとするのを止めてもらっていた。

「いえ。俺はこれで十分です」

そういって、木之瀬課長に頼んでもらい受けた黄色いレモンを持ち上げて見せる。隣で沼が不思議そうな顔をした。

署の駐車場にある倉庫の前にいると、自転車に跨ろうとする友枝の姿を見つけた。友枝も野路に気づいて、姿勢を正すとヘルメットに指を当て、敬礼を投げてくる。

地域課の日勤が交番の配置に向かうのと入れ替わりに、戻ってくる当務員もいる。そんな自転車やバイクでいっとき駐車場は混雑する。

やがて三名の当務員がバイクを連ねて戻ってきた。一番後ろを走っていたのが、友枝の同期でもある新人女性警官だ。駐車場に入るなり友枝に気づいたらしく、バイクを停めると側に行く。友枝の口元がほころんだのが見えたから、今度の活躍を褒められたのかもしれない。当務明けで疲れているだろうに、女性警官は今きたばかりのように溌剌《はつらつ》としていた。先輩に呼ばれて別れる際、軽くガッツポーズする振りをしたから、自分も頑張るとでもいったのかもしれない。女性警官は身軽く署の裏口の階段を駆け上がって行った。

「友枝」

呼びかけると、きっとブレーキ音を鳴らして止まった。友枝が、はい、と振り返る。

「いつでもいいから、自分の父親に母親のことを訊いてみろ」

「え。なんですか。なにを訊くんですか？」

「お前が知らないことだ」

「はい？」

返答しないまま野路は背を向けた。門扉を開けて、自転車やバイクが次々に出て行く音が聞こえた。そんな賑やかな気配もあっという間に消えて、署の駐車場は静まりかえる。目を上げれば、雲一つない空から真夏の日差しが容赦なく降り注いでいた。

またクーラーの設定温度の攻防戦が始まる。うんざりする気持ちと、そんなことを仕事にできる平穏さを有難く思う。

一階の受付カウンターの側を歩いているとき、階段を落合が下りてくるのが見えた。高原の送検がすんで、そろそろ一課も引き上げるのだろう。こちらも疲れている筈なのに、今からランニングでも始めるのかという風に軽快に跳びはねている。行き交う署員に朝の挨拶をし、野路を見つけると大仰な身振りで手を広げた。野路の両肩を摑んで揺すると、

「よしよし、いつ飲みに行こうか。今度はわしが奢ってやるぞ」と満面の笑みだ。

「本当ですか。酔い潰れる前に支払いすませてくださいよ」

「わかってるって。細かいやつだな。そうだ」

「なんです」

「たまには女性に声かけてみるか。ほら、前にいった本部の警部補はどうだ」

「いいですって。あ、そうだ」ふと思いつく。「落合主任は広報に知り合いはいませんか」

「広報課がどうした。そりゃあ、同じ本部だから顔見知りはいるさ」

「カラーガード隊に声かけられないですか」

「カラーって、あの音楽隊のか？　旗持っている女性らのことか。お前、嫌らしいやつだな。女性を容姿で選んでんじゃねぇぞ、バカ野郎」

そういって不機嫌そうに腕を振り回して廊下をのしのし歩いて行く。野路は軽く肩をすくめ、ま、いっか、と見送った。仕事を頑張って、自分の力で本部に行けばいいことだ。

午前中に自転車で出かける用事がある。

最近はバイクより気持ちいいと思うことがある。踏み込むほどに風が湧いて、汗の滲む顔や首回りを涼しくしてくれる。街路樹の緑の葉陰が焼けつく背中や手を優しく覆う。

歩道沿いに小さな店が見えた。こんなところにケーキ屋ができたんだ。ガラス戸越しにケースにある色とりどりの洋菓子を見つめる。仕事が終わったら、ここで買って行こうと決めた。育ち盛りのゆず葉なら、二つは食べそうだ。文句をいわれないよう種類を変えて買って行こう。

オープンしたのか、奥から女性が出てきて営業の札をかけた。野路を見つけて会釈してくるのに、ヘルメットの縁に指を当て、敬礼で返した。

そして前を向いてペダルを踏み込む。長い坂道だ。サドルから軽く腰を浮かせて懸命に漕ぐ。熱い風が顔に張りつこうとするのを払うため、もっと漕ぐ。

「これも仕事だぞ、野路」

しっかり漕げと叱咤《しった》するように声に出した。

（この作品は書下ろしです。また本書はフィクションであり、登場する人物、および団体名は、実在するものといっさい関係ありません）

一〇〇字書評

出署拒否

切・り・取・り・線

購買動機（新聞、雑誌名を記入するか、あるいは○をつけてください）	
□（　　　　　　　　　　）の広告を見て	
□（　　　　　　　　　　）の書評を見て	
□ 知人のすすめで	□ タイトルに惹かれて
□ カバーが良かったから	□ 内容が面白そうだから
□ 好きな作家だから	□ 好きな分野の本だから

・最近、最も感銘を受けた作品名をお書き下さい

・あなたのお好きな作家名をお書き下さい

・その他、ご要望がありましたらお書き下さい

住所	〒				
氏名		職業		年齢	
Eメール	※携帯には配信できません	新刊情報等のメール配信を 希望する・しない			

この本の感想を、編集部までお寄せいただけたらありがたく存じます。今後の企画の参考にさせていただきます。Eメールでも結構です。

いただいた「一〇〇字書評」は、新聞・雑誌等に紹介させていただくことがあります。その場合はお礼として特製図書カードを差し上げます。

前ページの原稿用紙に書評をお書きの上、切り取り、左記までお送り下さい。宛先の住所は不要です。

なお、ご記入いただいたお名前、ご住所等は、書評紹介の事前了解、謝礼のお届けのためだけに利用し、そのほかの目的のために利用することはありません。

〒一〇一―八七〇一
祥伝社文庫編集長　清水寿明
電話　〇三（三二六五）二〇八〇

祥伝社ホームページの「ブックレビュー」からも、書き込めます。
www.shodensha.co.jp/bookreview

祥伝社文庫

出署拒否《しゆつしよきよひ》　巡査部長《じゆんさぶちよう》・野路明良《のじあきら》

令和 5 年 9 月 20 日　初版第 1 刷発行

著　者　松嶋智左《まつしまちさ》

発行者　辻　浩明

発行所　祥伝社《しようでんしや》

東京都千代田区神田神保町 3-3
〒 101-8701
電話　03（3265）2081（販売部）
電話　03（3265）2080（編集部）
電話　03（3265）3622（業務部）
www.shodensha.co.jp

印刷所　堀内印刷
製本所　積信堂

Printed in Japan ©2023, Chisa Matsushima ISBN978-4-396-35007-9 C0193

祥伝社文庫の好評既刊

松嶋智左
開署準備室
巡査長・野路明良《のじあきら》

姫野署開署まであと四日。新庁舎で不可解な出来事が次々と起こるなか、失踪した強盗犯が目撃されて……。

松嶋智左
黒バイ捜査隊
巡査部長・野路明良《のじあきら》

不審車両から極めて精巧な偽造免許証が見つかった。運転免許センターに異動した野路明良が調べ始めると……。

五十嵐貴久
炎の塔

超高層タワーに前代未聞の大火災が襲いかかる。最新防火設備の安全神話は崩れた――。究極のパニック小説！

五十嵐貴久
波濤《はとう》の城

沈没寸前の超豪華客船。巨大台風と熱風、猛火が閉じ込められた人々を襲う！　諦めない女性消防士が血路をひらく！

小杉健治
死者の威嚇《いかく》

身元不明の白骨死体は、関東大震災で起きた惨劇の爪痕なのか？　それとも――歴史ミステリーの傑作！

小杉健治
もうひとつの評決

その判決は、ほんとうに正しかったのか？　母娘殺害事件を巡り、6人の裁判員は究極の選択を迫られる。